U0562126

〖中华诗词存稿·地域专辑〗

中华诗词学会 编

寒梅集

黑龙江诗钞

徐景波 著

中国书籍出版社
China Book Press

图书在版编目（CIP）数据

寒梅集 / 徐景波著 . -- 北京 : 中国书籍出版社，
2020.7

（中华诗词存稿·黑龙江诗钞）

ISBN 978-7-5068-6965-2

Ⅰ.①寒… Ⅱ.①徐… Ⅲ.①诗集—中国—当代
Ⅳ.① I227

中国版本图书馆 CIP 数据核字 (2020) 第 124434 号

寒梅集

徐景波 著

责任编辑	王志刚	
责任印制	孙马飞 马 芝	
封面设计	采薇阁	
出版发行	中国书籍出版社	
地 址	北京市丰台区三路居路 97 号（邮编：100073）	
电 话	(010) 52257143（总编室）(010) 52257140（发行部）	
电子邮箱	eo@chinabp.com.cn	
经 销	全国新华书店	
印 刷	北京虎彩文化传播有限公司	
开 本	710 毫米 × 1000 毫米 1/16	
字 数	200 千字	
印 张	18	
版 次	2020 年 7 月第 1 版 2020 年 7 月第 1 次印刷	
书 号	ISBN 978-7-5068-6965-2	
定 价	1198.00 元（全 6 册）	

《中华诗词存稿》
编委会名单

作者简介

徐景波，晚字乐水，网名塞北梅翁，斋号寒梅，1954年生于齐齐哈尔，祖籍河北乐亭。

少为下乡知青，恢复高考入黑龙江大学中文系七七级，毕业后在黑龙江省人民政府办公厅任秘书六年，调省外经贸厅历任政研室副主任、主任，后派遣为国企总经理兼党委书记，本世纪初调哈尔滨市规划局，届花甲退休。

曾从事多领域研究，发表有关文章百余篇，并获得有关奖项。近十年间业余从事诗词普及教育活动，在网上、省市老年大学、有关书社授课百余次。

现为省、市作协会员，市文史馆员，中华诗词学会会员，哈尔滨市诗词楹联家协会第二届副主席、第三届顾问，丁香诗社创始人、社长，长白山诗词学会副会长，中华诗词论坛副总编兼编辑部主任。

学诗近五十年，积辞赋、乐府、古风、五七言律绝排、新旧词、散曲、楹联、自由诗3000余首，出版有个人诗选三集，有专著《梅翁诗论》（获得哈尔滨市第九届天鹅文艺大奖文艺理论类唯一一等奖）。主编丁香诗社社刊《九十九束丁香》，任大型诗词曲赋联专题集成《丁香集》副主编。从事全隋唐五代诗研究近二十年，成果待出版。

总　序

我们这个诗歌大国有一个很好的传统，历来注重"采诗"、搜集整理诗歌材料。作为唯一的全国性诗词组织的中华诗词学会，自1987年5月成立以来，就十分重视这项工作。学会每年的学术研讨会和历届"华夏诗词奖"，都出版论文集和获奖作品集。纪念学会成立二十年、三十年时，还专门编辑出版了《大事记》《论文选集》《诗词选集》。《中华诗词》创刊以来，每年都制作年度合订本。2007年5月，在北京天识东方文化艺术传播有限公司的资助下，以近代以来诗词创作、诗词理论、诗词运动重要文献汇编，当代名家个人作品专集等为主要内容，出版了《中华诗词文库》。经过十来年的编辑整理，已经出了近百卷。这些诗集、文集的出版，记录了近百年来尤其是改革开放四十多年来，中华诗词从起步、复苏走向复兴的砥砺前行的历程，为近、当代诗歌史的撰写准备了丰富的资料。

党的十八大以来，中华民族优秀传统文化重新受到应有的重视。习近平总书记《念奴娇·追思焦裕禄》词和《军民情》七律的相继发表，引领中华大地诗潮滚滚而来。《中共中央关于繁荣发展社会主义文艺的意见》和中办、国办《关于实施中华优秀传统文化传承发展工程的意见》，都明确提出"加强对中华诗词、音乐舞蹈、书法绘画、曲艺杂技和历史文化纪录片、动画片、出版物等的扶持。"国家教育部组织制定由中华诗词学会起草的新中国语言体系中的新韵书《中华通韵》已经通过国家语言文字工作委员会语言文字规范标准审定委员会审定，即将颁布全国试行。这些都使我们真切地感受到，中华诗词的春天真的到来了。诗人们乘着骀荡春风，正以高昂的激情，书写着中华民族伟大复兴的新时代、新史诗，国家富强、民族振兴、人民幸福的中国梦；正以与人民同呼吸、共命运的诗人之心，对人民的欢乐、人民的忧患、人民的情怀给以诗意的表达；正以"美"或"刺"的诗人之笔，对市场经济大潮中人民对幸福生活的期待，对美好未来的希望，对假丑恶的深恶痛绝，或给以方向，或给以赞美，或给以鞭挞。正如习近平总书记所指出的："好的文艺作品就应该像蓝天上的阳光、春季里的清风一样，能够启迪思想、温润心灵、陶冶人生，能够扫除颓废萎靡之风。"

当前，传统诗词创作者和诗词爱好者队伍发展迅速，已超过三百万。每天创作的诗词作品超过唐诗、宋词、元曲的总和。诗词评论研究队伍也成长很快，诗词评论、诗词学、诗词创作理论研究成果丰硕。如何从浩如烟海的诗词作品中"淘"出优秀作品，并使之存下来、传下去，如何使诗词研究理论成果"面世"并发挥应有的指导作用，确实是摆在我们面前的无可回避的一个重要课题。中华诗词学会是一个没有国家编制，没有国家拨款的社会团体，事业的运转主要靠社会赞助和会员费支撑。俊识（北京）文化传媒有限公司总经理吕梁松、北京采薇阁总经理王强，两位一直是对中华传统文化情有独钟的热心人，慷慨解囊，愿意同中华诗词学会一起，搜集整理编辑推出《中华诗词存稿》这套书，共同为中华诗词文化的继承和发展，做成这件十分有意义的事情。

　　《中华诗词存稿》主要搜集整理出版三部分内容的资料：一是当代诗词名家的个人作品集；二是当代诗词评论家、诗词学者的学术著作集；三是当代诗词作品、诗词理论学术成果阶段性、专题性、地域性的集成类作品集。诗词作品强调精品意识，沙里淘金，把"有筋骨、有道德、有温度"的优秀诗词作品搜集起来。诗词评论、研究类资料强调理论性和创新性，应具有鲜明的个性特点，具有创建性的见解。集成类的资料应有一定的史料保存价值。总之，做成一套具有当代价值和历史意义的好书。在此，我们编委会人员，向提供资料、筛选编辑、版面设计、校对勘误，包括所有为这套资料付出辛勤劳动的同志们，表示真诚的谢意！

郑欣淼

二〇一九年七月于北京

基因凭际遇　勤勉赖熏陶

汉语有天然之艺术性，充满形象思维、积极修辞、同类排比、异类对偶，语音简洁富有音乐感，文字整齐富有形体美，词汇极为丰富，典故浩繁，成语渊博。凡操汉语人民，即或文盲，口语仍不失艺术性，鲜活生动，比比皆是。中华民族，世称诗国，故诗之基因，国人皆有。然则并非人皆诗人，何也？曰际遇，曰兴趣，曰熏陶，曰志趣，曰勤勉，曰求索。

余在襁褓中时，家慈且劳且歌，音乐韵文，萌生于心焉。稍长，祖父母自乡中来，依家严养老。祖父兴来，每教几首《千家诗》，是以基因生芽也。祖母虽目不识丁，而出口皆歌谣谚语，韵文也，如雨露。余幼时与伙伴嬉戏，多歌谣传唱，即或骂人，也是韵文。诗感生根焉。再长，家严置收音机，京剧、各种地方戏、曲艺，无不充满韵文，加之伴随音乐之美，且暮熏陶，兴趣遂浓，爱好伊始，渐次留心，根植益深。是故，余入小学，语文自来好，每考必满分。

共和国甲辰，随家严调任，自龙城转学冰城。时余小学三年级。一日作文，余以自撰四句韵文起。师刘丽文批曰："不可抄袭。"余忿忿然心语：吾必欲师知我非抄袭辈！期末考试，全班仅余一人双百，师刘宣布时，诸生愕然。师刘乃始于我另眼相看。改选班干，增补我入，职位已满，余歌唱自幼好，且加我副文艺委员。丙午，"文革"起，学校空巢，时余方四年级末，求知意趣正强，不得正常读书，私心黯然，乃于黑板，题四句五言韵文，感慨之。师刘偶见，流泪私嘱，抹去署名。自是，师刘于我，备加青眼。停课期间，余承担做饭等家务，余暇时，凡能找到之书，一概找来读之，故事、小说、散文、诗歌、剧本、自然、地理、历史、数学、物理、化学、生理、医药、音乐，随遇而安，生字或查字典，或暗中求教师长，虽然拉杂无系统，囫囵吞枣，终是开卷有益，又自学吹笛、象棋，粗通之。与一般同龄者相比，差距间然。

戊申冬，升中学，以师刘鉴定特佳故，直接任核心（相当于班长）。半日学制，每日天天读《毛主席语录》，吾无须开卷，领读曰："打开某页第某段"，了无失误，与"老三篇"、《毛主席诗词》三十七首，皆背诵如流。庚戌复课后，数学老师病假，教研组安排，余"小将上讲台"，代两班数学课（解一元一次方程，余旧曾读"盈不足"得之）数日。各科考试，全班抄我一人答卷。放学后，饥不择食，仍然到处找书读，所读仍甚为杂乱，幸喜陆续找到四大名著并三言，借来偷读。校红委会主任宋某，颇霸道，师生皆不敢逆之，独我无忌。一日当面，黑板题四句五言韵文嘲之，人多暗中解气，而我之处境，则自此惨然。

庚戌末，整建党团，余以"正义"故，被纳第一批入团，并任校团委宣传组长兼班长。自此每日晨出夜归，忙碌于班级与宣传组。宣传组出墙报、黑板报并油印小报，主笔及编审，当然在我一身。历练年余，理趣志趣，旨趣文字，进益颇大，思维渐敏捷，常即兴急就成章。

辛亥夏，因病住院，偶然借得《李白诗选》，如获至宝，且夕抄录，不遗注释。后又借得《陆游诗选》、《古文观止》

等书，并零散得见唐宋大家诗词，悉数抄录之。兴来时，偶有习作，抒发遭际感慨。其间结识张兄肖今，立意章法、文辞格律，每每点拨，又借我《女神》等书，学诗之启蒙，从此始焉。

癸丑秋下乡，乙卯春入党。劳作之余，晨昏读书，依然博学，通读毛选四卷、马恩选集四卷，间或借得中外文学名著，悉读之，又借得《唐五代词》《汉语诗律学》，读之爱不释手。丁巳恢复高考，考入黑龙江大学中文系。四年大学，虽苦犹甜，同门悉十年野遗才俊，皆有可师处，古文学更有吕冀平、陶尔夫、刘敬圻、崔任夫等名师执教，所学文史哲数十门课程，次第形成知识结构，治学之路渐明。尤其系统学习文学史，研读中外历代大家代表作，奠定诗学基础，更甚爱之。

壬戌初，毕业入省政府办公厅，时方改革开放，百废待兴，心勃勃于从政作为，虽爱诗读诗，却无意做诗人，用心从政，敬业守职，于经济社会时事，视野渐次开阔，思索益深。戊辰初，调省外经贸厅。壬申，累迁至政策研究室主任。后觉官场难以自适，不欲趋附，年才四十，心已灰曰：吾将七品致仕矣。

壬戌至辛酉十年间，所做皆文字工作，却与诗词无干。业余得暇，撰写各类文章，发表于省级相关报刊，所得稿酬，尽数买书，大量阅读，其中有《二十五史》影印本，余多是文学史学著作，诗词名作及理论著作自在其间。余所撰机关文字，与他人风格迥异，是学诗之潜移默化所致。

丙子，调任中国外运黑龙江公司总经理兼党委书记。戊寅，辞职调三九龙滨酒厂任副厂长，主管销售、策划、宣传。

为营销计，办起《龙滨酒报》，余兼任总编，其副刊酒文化诗文，多出自我手。重新捡起诗词，自此时始。己卯，结识滕翁，读我诗稿，撺掇出版，于是焉次年，《徐景波诗歌自选集》付梓，选入历年习作之三成计一百三十八首。

余学诗起步虽早，然非专攻，习作更无名师指点，二十八年间，所作寥寥，自觉粗粝不堪。乃决意下苦功，深入学之。自戊寅起，陆续购买《诗经笺注》《楚辞章句》《玉台新咏》《昭明文选》《全唐诗》《全隋唐五代词》《乐府诗集》《历代竹枝词》《全宋词》《全金元词》《全元散曲》《明诗综》《全明词》《词综》《词综补遗》《全清散曲》《当代词综》，旁及历代诗话词话全编、历代诗词曲鉴赏辞典等工具书、别集、理论著作，累计斥资数万元，旦暮研读，比较思索，进益遽焉。

庚辰初，调哈尔滨市规划局。任测绘处长期间，公务不甚忙，多有余暇读书习作，时手机短信兴起，频频与肖今兄唱和，与诸友短信往来，亦多以诗代书，际遇感慨，任其流淌，篇什渐富，体裁渐丰，视野渐阔，感悟渐深。乙酉夏，调任法规监察处长，其职累人，可以致死，读书习作，闲暇渐少。戊子秋，为提拔少壮计，局长劝余退居二线，欣然接受。从此职事寥寥，几乎成为专业诗人兼学者，进益更速。

余使用电脑，自壬申始。新世纪以来，凭电脑撰写公文，并编辑、治学、习作，较之以往，效率翻倍。戊子春，出版诗集《塞北梅花》第一集（选入前三十八年习作约三成，计四百七十七首）、诗词理论专著《梅翁诗论》，皆赖黑大恩师周蒙教授为序。退居二线后，开博客、入论坛、建诗社、讲诗学、进诗协，出访游历，虚拟结识全国各地诗友数以千计，其中交流频繁者百余人，尤其与本省诗友柳成栋、徐双山、王卓平等二三十人，时时雅集唱和，切磋砥砺，忙碌过于任法规处长时，诗学修养亦与日俱增。庚寅秋，出版《塞北梅花》第二集，选入三年间习作约三成，三百九十七首，劳柳成栋、高凯、陆伟然三位先生为作序。

癸巳至丙申，自觉作品难出新、诗力匮乏无大长进，习作大幅度减少，大部精力用于研读进修，每年仅得百余首而已。丙申末，涉足微信，交流速度激增，激活休眠之诗兴，丁酉习作数量恢复，前九月即得五百余首。此集五百六十四首，选自辛卯以来，七年间习作近四成，分为乐府、古风、五律、七律、五绝、七绝、排律、琴趣、散曲、新词十类。

或曰写诗，尚"吟安一个字，捻断数茎须""二句三年得，一吟双泪流"。余不赞成，亦从未如此。有几根须可断？两首诗未毕，胡须皆无。三年写两句，百年六十句。此二位未必如此，夸张作诗之苦罢了。作诗不必如此苦。人皆欲作传世精华。若欲写出定是精华，李白不能，杜甫亦不能，无论他人。

白居易曰：诗者，心声也。根情、苗言、华声、实义。心里有便有，写未必吃力，心里若没有，硬写矫情也，此其真之所在。至于善，亦非抠可得。至若言与声，笔力不逮，徒劳无功，笔力若逮，驾轻就熟。杜甫乃苦吟鼻祖，亦曰："读书破万卷，下笔如有神"。写毕审瑕疵、审了义，不规矩、不达意处可修改。若雕来镂去，仍不满意，必是强己所不能，目标不切实际，近乎空想。多少事，并非欲达则能达，作诗亦如此。吾唯有之目标：每日涓滴进益，逐步自我超越。

　　所以余不苦吟。想写时拦不住，不想写逼不出。好与不好，但求无愧于心罢了。如是，作诗只有快乐，足矣。每出版诗集，选录之间，往往发现旧作多幼稚处，有格律硬伤而意尚可取者，改其瑕疵；意与文不足以示人者，剔除之；自认尚可示人者，选入以交流。其中得失，有待读者批评，以裨来日。

　　　　　　　　　　　　　　　　塞北梅翁徐景波
　　　　　　　　　　　　　　　丁酉白露作于寒梅斋

目　　录

总　　序 ·· 郑欣淼 1

基因凭际遇　勤勉赖熏陶 ································1

乐府选三十一首 ························· 1

短歌行 ···3

苦寒行 ···3

陌上桑 ···4

梁甫吟 ···5

春江花月夜 ···6

成都行效竹枝三首 ···································8

　　李冰夫人 ·······································8

　　孔明夫人 ·······································8

　　杜甫夫人 ·······································8

邯郸竹枝（五首选三） ·······························9

竹枝春词三首 ······································10

农安竹枝（五首选三） ······························11

　　睡　莲 ··11

　　花　海 ··11

　　菡　萏 ··11

北风行 …………………………………………………… 12

梁甫吟 …………………………………………………… 13

战城南 …………………………………………………… 13

胡笳十八拍五哭翟兄 …………………………………… 14

招　魂 …………………………………………………… 18

玉树后庭花 ……………………………………………… 18

胡无人 …………………………………………………… 19

野田黄雀行 ……………………………………………… 19

悲哉行 …………………………………………………… 20

春日行 …………………………………………………… 20

前有一樽酒行 …………………………………………… 21

李夫人歌 ………………………………………………… 21

独漉篇 …………………………………………………… 22

农安剑鹏天马歌 ………………………………………… 22

古风选二十三首 ………………………… 23

读太上老君在线《孔家庙里住韩非》 ………………… 25

怀旧兼贺卧龙诗词社成立 ……………………………… 25

观《我的娜塔莎》情痴七咏 …………………………… 26

　　红姑娘 ……………………………………………… 27

　　傅景慧 ……………………………………………… 27

　　伊田纪子 …………………………………………… 27

　　赵顺子 ……………………………………………… 28

　　瓦兹洛夫 …………………………………………… 28

　　庞天德 ……………………………………………… 29

　　娜塔莎 ……………………………………………… 30

寻春二首 ……………………………………………… 31

晴明前与轻舟兰儿雪语漫步松花江南岸察丁香发芽未·

　分《探芳信》撞得浸 …………………………… 32

拟高俅奏贼配军林冲造反纪事本末 ………………… 32

虫　灾 ………………………………………………… 34

肃宗登基后之唐明皇内心独白 ……………………… 34

火炬树 ………………………………………………… 35

过大庆黎明诗社得不字 ……………………………… 36

全聚德雅集拈得就字十韵 …………………………… 36

永源分韵得客字 ……………………………………… 37

张家口 ………………………………………………… 37

寒冷招饮初见刘淑彬得矣字十二韵 ………………… 38

逆淘汰 ………………………………………………… 38

柏梁体欢迎张站包大姐天天渔村宴会 ……………… 39

五律选五十二首 ……………………………… **41**

谢友人赠松花粉竹康宁保健 ………………………… 43

纪念萧红诞辰100周年（五首选一） ……………… 43

　（其四） …………………………………………… 43

冬至日闲云招饮五人瓜分刘随州《逢雪宿芙蓉山主人》

　得屋柴闻归四字（四首选一） ………………… 43

　得柴字 ……………………………………………… 43

欣闻中国航母不久将提前下水 ……………………… 44

步韵王湾《次北固山下》记赴兰儿生日宴始末

　（五叠选一） ……………………………………… 44

　（其五） …………………………………………… 44

松花江畔黄昏漫步 …………………………………………… 44

无　题 …………………………………………………………… 45

咏　松 …………………………………………………………… 45

咏　竹 …………………………………………………………… 45

对雪酬陈海洋咏春近作 ……………………………………… 46

胆摘除术前戏作（二叠选一） ……………………………… 46

长白山诗词学会棋盘山消夏笔会有记 …………………… 46

五奎山龙泉寺 ………………………………………………… 47

城都吟草（十二首选三） …………………………………… 47

　　谒杜甫草堂 ……………………………………………… 47

　　都江堰观宝瓶口 ………………………………………… 47

　　都江堰观鱼嘴 …………………………………………… 48

有栏目将关闭临屏作《弃婴》以挽之 …………………… 48

中国古代文明史上的发明家杂咏（二十五首选五） …… 48

　　燧人氏 ……………………………………………………… 48

　　嫘　祖 ……………………………………………………… 49

　　伶　伦 ……………………………………………………… 49

　　石申与甘德 ……………………………………………… 49

　　郦道元 ……………………………………………………… 49

过张师兄百如别业 …………………………………………… 50

敦化雨花斋进膳 ……………………………………………… 50

宝泉岭重逢闲心若水 ………………………………………… 50

过牡丹江赠佟光兄 …………………………………………… 51

南行吟草（四十首选六） …………………………………… 51

　　台儿庄 ……………………………………………………… 51

　　再游沈园 ………………………………………………… 51

　　重游溪口蒋氏故居 ……………………………… 52

　　重过张学良将军幽禁地 ………………………… 52

　　嘉兴南湖 ………………………………………… 52

　　谒茅盾故居 ……………………………………… 52

冬　至 ……………………………………………… 53

元　旦 ……………………………………………… 53

自邯郸之京（五首选一） ………………………… 53

残腊之京华谢同门诸兄弟招饮幸会 ……………… 54

临屏题赠闲心若水 ………………………………… 54

赴阿城讲课 ………………………………………… 54

礼贤台遐思 ………………………………………… 55

魏祠怀魏武帝 ……………………………………… 55

邯郸谒七贤祠（四首选一） ……………………… 55

全隋唐五代诗告竣言怀 …………………………… 56

仲夏病起抒情 ……………………………………… 56

葡萄茄子豆角玉米蕃茄马铃薯及其他 …………… 56

仲夏新荷 …………………………………………… 57

夏至（八首选一） ………………………………… 57

　　归程值雨 ………………………………………… 57

外孙赏玫瑰 ………………………………………… 57

晚　照 ……………………………………………… 58

水 …………………………………………………… 58

处暑感兴 …………………………………………… 58

农安会友（八首选二） …………………………… 59

　　又见白城四狼 …………………………………… 59

　　又见王述评 ……………………………………… 59

闻韩兄白圭诞辰步韵遥寄 ……………………………… 59

题母鹿掩护幼子赴死照 …………………………………… 60

题德州飓风灾害见闻 ……………………………………… 60

孟　秋 ……………………………………………………… 60

七律选三十九首 ……………………………… 61

寅卯之交缅怀少陵 ………………………………………… 63

遥祭许名扬师兄 …………………………………………… 63

步韵江湖竹琴贺《巴蜀诗风》二周年庆典 …………… 63

即事闲咏 …………………………………………………… 64

纪念鲁迅诞辰 130 周年 …………………………………… 64

临屏和面鱼儿《贺黑水诗缘开版》 …………………… 64

中华诗词论坛十周年感兴 ………………………………… 65

今日择婿 …………………………………………………… 65

嘲灵均 ……………………………………………………… 65

新闺怨 ……………………………………………………… 66

行将退休叠前 ……………………………………………… 66

再赋版主谣 ………………………………………………… 66

钱 …………………………………………………………… 67

花甲抒怀步韵柳兄

　　《祝贺寒梅斋主人徐景波六十华诞二首》………… 67

别诸同门自浦东夜飞海口 ………………………………… 68

门　径 ……………………………………………………… 68

南京公祭 …………………………………………………… 69

读唐史 ……………………………………………………… 69

观抗战胜利七十周年阅兵感怀 …………………………… 69

陈行甲不要走 ················· 70

李君自闽归招饮郑李郁同聚有怀 ········· 70

不能遗忘的日子 ················· 70

谒129师司令部旧址暨展览馆 ········· 71

感恩二首 ··················· 71

回眸感兴 ··················· 72

司徒美堂 ··················· 72

二十三年 ··················· 72

猛　药 ···················· 73

吴门诗社蝴蝶庄生逸卿琼影北顾抵哈国际哥招饮一聚
余共龙社李勇丁香王卓平刘晓旭在座交流甚洽席间约
　　定各作七律一首以记之不限韵 ········· 73

嘲苦吟 ···················· 73

无题　七首 ·················· 74

五排选二十七首 ············· **77**

悼念朱光亚先生 ················· 79

步韵太白《送友人寻越中山水》（五首选一） ····· 79

　咏怀太白 ·················· 79

图们江水谣 ·················· 80

步韵太白《关山月》咏怀右丞 ········· 80

萧红故居 ··················· 81

步和太白《送储邕之武昌》咏怀嘉州 ······· 81

步韵太白《中丞宋公以吴兵三千赴河南军次寻阳脱余之
　　囚参谋幕府因赠之》咏怀放翁 ········· 82

步韵太白《秋夜独坐怀故山》咏怀稼轩 ······· 82

母忌日谒先考妣陵 ……………………………… 83

纪念萧红诞辰一百周年兼贺萧乡诗社成立二十周年…… 83

老松滨得杏字 …………………………………… 84

红叶节与红叶诗社诸前辈赴横头山红叶谷采风九韵…… 84

唐　栋 …………………………………………… 85

赋得柳 …………………………………………… 85

清明晓寻春 ……………………………………… 86

江边散步遇雷雨 ………………………………… 86

仲春重逢楚家冲 ………………………………… 87

血战台儿庄 ……………………………………… 88

中国梦 …………………………………………… 88

永源分韵得曾字 ………………………………… 89

天天鱼村喜获《三花一剑集》 ………………… 89

海格洛庄园主古今中外第一大隐查尔斯王子……… 90

分淮海满庭芳撞得尊字贺论坛十年大庆………… 90

儿子游俄归来 …………………………………… 91

见通榆风力发电繁荣感怀………………………… 91

悦活里别业二十韵 ……………………………… 92

豫黑吉三省诗友聚会农安………………………… 93

五绝选三十九首 ……………………………… **95**

夜饮步和宝海《又题王子江来访》 …………… 97

饮金钱草欲化胆肾结石 ………………………… 97

怀屈子 …………………………………………… 97

任处长二十年不迁自嘲 ………………………… 98

抹　布 …………………………………………… 98

西柏坡（七首选二）·················· 98

　（其六）·························· 98

　（其七）·························· 98

雪乡行（十七首选六）··············· 99

　（其五）·························· 99

　（其九）·························· 99

　（其十一）························ 99

　（其十三）························ 99

　（其十四）························ 99

　（十五）·························· 100

答杏花疏影临帖拙作《胡笳十八拍》·······100

外孙出世·························· 100

码　头···························· 100

刘元红牡丹画展（九首选三）·········101

　（其二）·························· 101

　（其三）·························· 101

　（其八）·························· 101

教师节临屏遥问周艾若老师快乐·········101

教师节与周蒙老师通电话·············102

送李君之闽······················ 102

长白揽胜（四首选一）··············· 102

过沐雨山庄（二十首选六）···········103

　（其二）·························· 103

　（其三）·························· 103

　（其五）·························· 103

　（其九）·························· 103

（其十）…………………………………………103

（其十二）………………………………………104

雪……………………………………………………104

群　聊………………………………………………104

上元前夕寄恩师并诸同门…………………………104

黑大中文七七级同门群上元红包雨有记…………104

双星之情人节………………………………………105

临屏题幽兰夜放图…………………………………105

赠北海东篱诸同门…………………………………105

见萱草………………………………………………105

贺李君加封榕城牧…………………………………106

禅梦（三首选一）…………………………………106

（其三）…………………………………………106

七绝选七十七首………………………… **107**

读诗偶得……………………………………………109

白　傅………………………………………………109

读戴旭演讲…………………………………………109

再咏丁香……………………………………………109

刘随州步韵风雪夜归人《戏题自家网名》………110

屏中望驮道岭云海（四绝选一）…………………110

（其四）…………………………………………110

苍　蝇………………………………………………110

白渔泡采风（五首选一）…………………………110

答鲜婴………………………………………………111

国庆前夕……………………………………………111

为入学五十年同学会而作三首（选一）……………111
　　（其三）……………………………………111
短信答鲜婴………………………………………111
延寿分韵得天秋叠韵（四首选一）……………112
　　（其二）……………………………………112
赠景涛梦琪………………………………………112
黑龙江森林植物园赏郁金香……………………112
山　溪………………………………………………112
无题二十一首（选九）…………………………113
　　（其一）……………………………………113
　　（其五）……………………………………113
　　（其八）……………………………………113
　　（其十）……………………………………113
　　（其十二）…………………………………113
　　（其十四）…………………………………114
　　（其十七）…………………………………114
　　（其十九）…………………………………114
　　（其二一）…………………………………114
戏为绝句…………………………………………115
枕上绣花吟………………………………………115
临屏哭翟兄致国…………………………………115
孔明哭关羽………………………………………116
忆　旧………………………………………………116
无题九首（选二）………………………………116
　　（其四）……………………………………116
　　（其九）……………………………………116

外孙在中央大街徜徉中熟睡···········117

三道关清心泉··················117

题苏州浮尘摄残荷照···············117

题苏州浮尘所摄红叶···············117

六　　朝·····················117

题邓大姐《海棠花祭》··············118

嫦娥之情人节··················118

网络（三首选一）················118

正月十六子夜凭窗赏月··············118

外　　孙····················119

人妖（三首选一）················119

　　（其三）··················119

题田芳上传仙人掌照···············119

二度梅·····················119

邯郸送别····················120

也题残局图（八首选一）·············120

听琴箫和鸣···················120

题外孙照····················120

题外孙赏桃花照·················120

题梅苑幽香（五首选一）·············121

　　（其四）··················121

寻重瓣丁香不遇偶见三瓣丁香··········121

题八十年代美女演员今昔对比照（五首选一）····121

　　（其五）··················121

题外孙赏丁香照·················121

黄槐花落····················122

榆　钱···122

柳　絮···122

黄槐花···122

新湖明珠庭院里见马兰花开·····································122

再题蔷薇···123

题程师兄颖刚夕照图···123

题北海东篱（三首选一）···123

　　（其三）···123

黑大中文七七级同学老照片（五首选一）···········123

　　（其五）···123

魔方（三十首选十）···124

　　（其一）···124

　　（其五）···124

　　（其九）···124

　　（其十）···124

　　（其十四）···124

　　（其十七）···125

　　（其十九）···125

　　（其二十二）···125

　　（其二十六）···125

　　（其三十）···125

农安题照（五首选一）···126

　　戏题紫衣格格与长铗归客合影·······················126

咏物（五首选二）···126

　　海　参···126

　　人　参···126

题韩文莲葫芦架下照…………………………………………126

琴趣选一百一十九首……………………… 127

忆江南（林钟宫）·丁香诗社人事调整（七首选二）…129
　　（其一）刘国际……………………………………………129
　　（其四）张景峰……………………………………………129
渔父（黄钟宫）·无题………………………………………129
天仙子（林钟商）·老松滨得杏字酬杏花疏影…………129
调笑令（夷则商）·代柳兄调笑两体选一………………130
生查子（夹钟商）·平安夜…………………………………130
浣溪沙·雪中踏查图斑现场…………………………………130
浣溪沙（黄钟宫）·庆祝丁香诗社一周年诞辰…………130
浣溪沙·女贞子………………………………………………131
浣溪沙·丁香…………………………………………………131
浣溪沙·小聚…………………………………………………131
浣溪沙·与卢兄森林小饮叙旧………………………………132
菩萨蛮（夹钟宫）·无题回文………………………………132
卜算子（黄钟羽）·论加精…………………………………132
采桑子（无射羽）·理发……………………………………133
减兰（夷则羽）·广玉兰……………………………………133
巫山一段云（夹钟商）·三道关一线天…………………133
点绛唇（夷则宫）·用漱玉韵戏赠国际哥………………133
武陵春（夹钟商）·游黄龙洞………………………………134
阮郎归（夷则羽）·临屏同题步和郑兄《吉林三诗友
　　路过哈尔滨有聚》………………………………………134
西江月（仲吕宫）·奸臣与悍妇……………………………134

西江月·观李小菊彩唱《楚宫恨》·······························134

西江月·丹阳招饮大醉而归·······································135

南歌子（夷则宫）·杏花···135

醉花阴（无射宫）·得夜字咏丁香·······························135

浪淘沙（林钟商）·玉兰···135

鹧鸪天（仲吕羽）·漫兴···136

鹧鸪天·相逢（步韵邓兄）·······································136

鹧鸪天·送别（叠步韵邓兄）·····································136

鹧鸪天·银滩雾夜···137

月照梨花（南吕宫）·本意···137

南乡子（夹钟宫）·邯郸又见苏州浮尘···························137

鹊桥仙（林钟商）·七夕···138

醉落魄（夷则商）·初识虚望远得是字···························138

踏莎行（夹钟宫）·同赴梨花诗会与冬人兄·····················138

小重山（夹钟商）·龙福成小聚得春字···························139

小重山·酬雪语···139

临江仙（夷则羽）·图们江放歌···································139

临江仙·临屏酬友人索句···140

临江仙·月亮湾晚会有怀···140

临江仙·忆幽幽诗茗温文尔雅二吟长·····························140

临江仙·凤竹丁香招饮言怀（三首选一）·······················141

蝶恋花（仲吕商）·接白雪仙子再咏西施画眉···················141

鹊踏枝·农安怀古咏萧观音皇后···································141

一剪梅（无射商）·剑气轩主兄《佯狂》诗题记·················142

苏幕遮（黄钟羽）·张家界···142

苏幕遮·忆懵懂人儿···142

苏幕遮·仲夏荷塘……………………………………143

苏幕遮·农安荷塘……………………………………143

喝火令·梦里……………………………………………143

行香子（黄钟羽）·江畔踏月………………………144

青玉案（夹钟商）·宝峰湖…………………………144

青玉案·农安辽塔怀古咏萧太后……………………144

江城子（夹钟商）·赠张兄文学……………………145

千秋岁（夷则羽）·贺成栋兄六十六诞辰…………145

风入松（林钟商）·农安之行丁香诗社代表团……146

传言玉女（无射宫）·见后园白丁香有思…………146

碧牡丹（五射宫）·应佟光兄邀牡丹江游…………146

祝英台近（无射商）·迷魂台留影…………………147

一丛花（林钟宫）·农安盛会黑龙江之旅团队访友……147

解蹀躞（夷则商）·兴龙峡谷………………………147

四园竹（仲吕商）·微山湖湿地见芦竹……………148

镇西（夷则羽）·江边鱼市…………………………148

满路花（夷则羽）·咏史……………………………148

新荷叶（黄钟宫）·儿时玩伴小聚后夜赏丁香……149

少年游慢（黄钟羽）·小叶丁香……………………149

蓦山溪（黄钟商）·龙福成分韵得暮字……………149

洞仙歌（林钟商）·杏花村分韵得杏字……………150

华胥引（无射宫，撞得）·地龙……………………150

江城梅花引（夹钟商）·凤凰城……………………150

瑞鹧鸪（夹钟羽）·湘西抒怀（步韵屯田）………151

探芳信（夹钟羽）·喜会泊客、岩生（老坛子分韵得帽字，
步韵邦卿）···151

卜算子慢（林钟商）·向海揽胜·······························152

满江红·步韵一叶轻舟《辛卯端午前日游松花江》·····152

雪梅香（黄钟宫）·芙蓉镇·······································153

水调歌头·通化（得今字）·······································153

水调歌头·步韵酬绿窗眉妩《邯郸之行致梅翁兄》·····154

驻马听·松北聚会···154

伴云来·古梨园初识魔方···155

伴云来·松花江畔丁香丛步韵贺东山·······················155

双双燕（无射宫）·哈尔滨孟夏丁香·······················156

弄珠楼·夏夜丁香曲···156

瑶台聚八仙（夹钟羽）·丁香诸友过牡丹江·············156

醉蓬莱（林钟商）·再过兰河得雨字兼酬翟兄志国·····157

丁香结（夷则商）·次韵武松《惜别丁香》送之词版·····157

雨中花慢（林钟商）·同赴邯郸与细雨·······················158

国香慢（夷则商）·5月17日幸运花·······················158

寿星明·贺《中华诗词论坛》建站十周年·················158

雨霖铃（夹钟商）·兰西祭祖·····································159

锦堂春慢·同赴邯郸与兰蕙·······································159

绕佛阁（黄钟商）·杪秋雨中游雪窦寺·····················160

紫玉箫（林钟商）·孟夏亭午过松北湿地公园·············160

看花回慢（无射商）·过白城草庐·····························160

木兰花慢（林钟羽）·谢岁寒公子毓寄赠红梅十字绣·····161

桂枝香（夷则宫）·本意···161

倾杯乐（林钟商）·红叶诗会·······································162

瑞鹤仙（林钟羽）·赴王池伉俪席得扎字…………………162

水龙吟（无射商）·黑龙江畔………………………………162

安公子（黄钟羽）·采一束丁香遥祝伯客华诞…………163

爱月夜眠迟·步轻舟《近中秋与梅翁燕子约饮》韵……163

宴清都（夹钟羽）·得却字…………………………………164

彩云归（夹钟羽）·冰城立夏丁香…………………………164

向湖边·松花江畔黄昏散步遐思……………………………164

向湖边·重游镜泊湖…………………………………………165

二郎神（夷则商）·同赴邯郸与轻舟………………………165

春从天上来·立夏日丁香（步韵张继先）…………………166

问梅花·楼头望丁香…………………………………………166

夜飞鹊（仲吕宫）·梨花诗会顺访邺下村童………………167

霜叶飞（黄钟商）·雨中丁香………………………………167

高山流水（黄钟商）·丁香花气漫长堤……………………168

一萼红（黄钟商）·与德惠诗友小聚拈调…………………168

寿星明（黄钟羽）·小华梅雅聚（新韵）…………………169

玉甸凉·向海鹤乡……………………………………………169

贺新郎（林钟宫）·再酬雪语索句…………………………170

玉抱肚·丁香诗社成立两周年………………………………170

春风袅娜·萧乡再会耐寂轩主………………………………171

多丽·松江湿地观光…………………………………………171

莺啼序·得却字………………………………………………172

穆护砂·夏夜松花江干交响曲………………………………173

散曲选七十五首……………………………… 175

【北南吕】四块玉·得空字…………………………………177

【北南吕】干荷叶·戏答横笛……………………177

【北南吕】干荷叶·再答横笛……………………177

【北仙吕】一半儿·干荷叶游戏…………………177

【北仙吕】一半儿·看杂耍艺人…………………178

【北仙吕】一半儿·友谊宫初识杨小源先生………178

【北仙吕】醉扶归·得后字………………………178

【北黄钟】节节高·得山字………………………179

【北双调】青玉案·嘲学郑人买履者……………179

【北双调】碧玉箫·植物园初见玉簪……………179

【北商调】梧叶儿·北国深秋……………………179

【北正宫】脱布衫过小梁州·小华梅上岛咖啡小聚

（新韵）…………………………………………180

【北中吕】快活三过朝天子四边静·贺沈鹏云兄出任

《长白山诗词》常务副主编……………………180

【北中吕】十二月过尧民歌·计都星……………181

【北中吕】十二月过尧民歌·农安太平池水库…………181

【北中吕】醉高歌兼喜春来·贺王英伟先生八十诞辰…181

【北中吕】喜春来过普天乐·塞北闲云、春风如沐归来

小聚……………………………………………182

【北南吕】骂玉郎过感皇恩采茶歌·公交司机（新韵）…182

【北仙吕】哪吒令过鹊踏枝寄生草·鹤吟……………183

【北双调】雁儿落过得胜令·得不字……………183

【北双调】湘妃游月宫·嵌名曲版版主（遵嘱改写五句

古风）…………………………………………184

【北双调】殿前喜过播海令大喜人心·贺泛海词复版…184

【南正宫】小桃红·河伯矜秋水…………………185

【南正宫】醉太平·读《三花一剑集》戏赠许兄清忠···185

【南中吕】驻马听·大雾·············185

【南南吕】懒画眉·上网·············185

【南南吕】一江风·读《三花一剑集》戏赠寇兄彦龙···186

【南仙吕】醉扶归·梁祝·············186

【南仙吕】皂罗袍·读《三花一剑集》戏赠孙兄湘平···186

【南大石】催拍·九儒··············187

【南双调】锁南枝·无题·············187

【南小石】骂玉郎·黄榆吟············187

【南商调】黄莺儿·回眸·············188

【南商调】梧桐树·贺吉林市诗词学会成立······188

【南越调犯商调】忆莺儿·落叶··········188

【南越调】忆多娇·惊梦·············189

【南南吕】画眉扶皂罗·农安太平池钓翁······189

　【南仙吕入双调】月上海棠·无题·······189

【北正宫】端正好·贺红叶诗词研究会成立二十周年

（新韵）·····················190

【北正宫】端正好·卡米拉罗依··········191

【北南吕】一枝花·得故字············193

【北正宫】端正好·代人作郎君获绿卡赴美送别·····194

【北南吕】一枝花·农安金刚寺··········195

【北仙吕】赏花时·致秦楼公子··········195

【北仙吕】赏花时·梨花·············196

【北大石调】青杏子·咏雪柳兼贺雪柳诗社

成立三十周年················196

【北双调】蝶恋花·天河会············197

【北双调】行香子·萧乡重见包大姐·····198

【北双调】夜行船·龙江八友聚会抒怀·····199

【北商调】集贤宾·太平湖与诸友同赏荷花·····200

【南正宫】醉西施·代人作初恋情人久别重逢·····201

【南中吕】普天乐·农安留别·····202

【南黄钟】赏宫花·读《三花一剑集》戏赠陈兄旭·····203

【南仙吕入双调】步步娇·毒流·····204

【南仙吕入双调】步步娇·赌流·····205

【南小石调】渔灯儿·读《林中小溪》·····206

南北合【中吕】粉蝶儿·小华梅·····207

南北合【仙吕】赏花时·相逢向海·····209

南北合【黄钟】醉花阴·小女于归·····211

南北合【双调】新水令·金百沣结盟·····213

新词选二十二首·····215

草原夜色美·北国雪·····217

木鱼石·贺青山五老八十寿辰·····217

太阳岛上·本意·····218

海风阵阵·缅弘一大师·····218

阮郎送别·雪柳·····219

阮郎送别·重逢·····219

巫山云过阮郎归·三会鑫鹏四首·····220

（一）得可字·····220

（二）得可字·····220

（三）添字格得飞字·····221

（四）添字格得燕字·····221

对民歌……………………………………………221

巫山云过阮郎归·松林沐雨兄北归小聚……………222

珊瑚排歌·春意………………………………………222

蒙山高·四会鑫鹏……………………………………222

茉莉花·丁香…………………………………………223

夜上海·歌女怨………………………………………223

调寄《绣围裙》·燕呢喃……………………………224

调寄《满山红叶似彩霞》·中秋……………………224

调寄《太阳一出云雾散》·一代情…………………225

花儿与少年……………………………………………226

月儿弯·赠龙泉空吟、秦楼公子……………………226

四季歌·四季丁香……………………………………227

乐府选三十一首

短歌行

阴阳三重合①，流年去几何？秋风吹落木，
萧萧知苦多。彷徨顾苍茫，剑气久消磨。偶来步
虚地，莘莘与君过。黄昏桥下会，举酒慰蹉跎，
携手二三子，长歌续短歌。微醺敞户牖，放言颜
始酡。回看绿罗裙，将半杳婆娑。梦入溪头谷，
岩间挂薜萝。但谢东篱伴，成泥南山阿。

【注】
① 阴历阳历十九年重合一次。是年五十七周岁。

相和歌辞平调曲

苦寒行

热网忽泄漏，停供两昼夜。瑟缩六万户，唏
嘘寒窗下。冬月冰雪封，童叟居凉舍。医院俄添床，
超市成暖厦①。我在荧屏前，温手频呵假。工程
谁操持，监理谁命驾？当局可反思，毋使群怨泻。
抢险与追责，当罢无辞罢。向日疏管理，宜在众
前谢。

【注】
① 超市成暖厦，一些老人白天乘超市班车到那里避寒。

相和歌辞清调曲

陌上桑

　　五马踌躇去，罗敷篚已盈。回家欲举步，某子当道横："顺拐寒碜态，何敢出门行！"罗敷惊诧答："君子面犹生。我行有我态，人何强我能？自古多如此，请君莫自轻。"某子未及言，某丑又开声："此女实狂傲，好倚乡闾名；适才太守求，贱货不与庚。吾观其貌丑，自恃彼娉婷。此等称丽质，浪得欺世荣。未如联子丑，奚落使之醒。"罗敷殊未理，某戌入调停。　　某戌自南来，梁甫口中鸣。怀恩歌两阕，感忆一杯羹。来前揖内子，深谢好茶烹，复念衾中孚，晨溲未曾倾。多劳烛下人，我有要事应。途经桃花庵，比丘正诵经。春心一摇荡，南无入我灵。又经峨眉观，不二正相迎。心念南歌子，好似温飞卿。下山茅庐畔，幺妹水边茓。纤纤擢素手，脉脉秋水漾。直入波罗蜜，足少阴不宁。思之梦难已，不觉到长亭。　　长亭人沸沸，围者密层层。摩肩看新景，鼓掌勉斗争。某子舌飞瀑，某丑口喷星。里胥皆袖手，捕快不摇铃。中有一老叟，捋髯劝秦荆："某子无恶意，某丑眼自明。不愿人褒贬，闺阁身可屏。抛头来世界，终违女儿经。果欲不取辱，速速归本庭。"老叟剖哲理，某戌正旁听。眉间开倜傥，臆下起狰狞。挽袖助子丑，脱袍对伶仃。指点罗敷鼻："婢也惧雷霆？某等非太守，汝非穆桂英。责尔规举止，感恩当以铭。似恁多乖戾，岂可不遭刑！" 罗敷对众诉："妾未惹群英。我本农家女，不求幸圣庭。容貌与步态，何干君子睛？路途人唾面，讵可任欺凌？酒家胡尚怒，子都自惭氓。朗朗青天下，仁义便冥冥？妾身无佩剑，剪刀犹可擎。愿洒周身血，不爆颈下膺！"

相和歌辞相和曲

梁甫吟

携子趋北安，母党省舅氏。椿萱杳黄泉，余久孤哀子。父党寥无人，娘亲仅有此。愧吾耽于公，血族鲜命趾。于今鬓生霜，忽焉觅所恃。铁马悄然行，黄昏不速至。入门闻作古，友于共掩涕。妗母发如银，沉疴囿轮椅。未敢诱心酸，强颜叙欢喜。翌日谒陵园，陪同倩表弟。秋雨一时来，相伴中心泗。浊醪醑谁尝，糕饼供谁食。纸钱化为烟，炷香权作记。以告世人知，亲亲莫我似！

相和歌辞楚调曲

春江花月夜

丁香情缘。万华、山谣来哈，几次分韵共得"江天一色无纤尘，玉户帘中卷不去，鱼龙潜跃水成文"二十一字，合而用之，为行文换韵故，原句用字顺序稍变。

暗香紫云透松江，长庚星亮入晓窗。巨龙铁马奔塞外，龙头玉兰插成双。辽东故鹤长鸣一，飞来喙衔半边日。渔村北望水悠悠，握手重逢酒香室。　　来时半轮起江天，柳挂清风灯挂船。清风细柳助高兴，美酒红笺开盛筵。玉颜顿起胭脂色，相思相见愁不得。海上清音云里飞，千金难买此一刻。　　问君尚可步行无，笑满江干月满途。丁香余韵仍盈袖，玉山摇曳惹人扶。蓝田碧水昆山玉，环佩步摇穿屈曲。巧匠刀圭夺天工，梦中犹盼和田续。　　盈盈一水指纤纤，玉露金风伫桥尖。牛女红尘相问讯，嫦娥玉兔囚冷蟾。遥望尘间开绣户，银河浩渺飞难渡。丁香香气惹乡愁，欲化啼乌三匝树。嫦娥牛女思凡尘，胜似仙籍无相亲。百年皓首一生足，何必青冥亿万春。看罢渔村珠玑卷，广寒宫里眉不展。桂下魂飞九万重，渔村江埠赴君宴。　　酒醒梦晓燕拂帘，名岛新园罗姹甜。漫赏中华巴洛克，教堂广场喜沾沾。明日分镳忆侬不？长条着意轻轻拂。百结子满聚枝头，罗裳为我葱葱郁。洪塔长留小照中，中央大街柳絮风。欧罗巴里鲈鱼美，索菲亚前砟酒红。春江夜好君莫去，连日月肥留君住。松滨巇肩百里名，秋林列吧八方誉。昨日相识凭雁鱼，今宵酌酒共舟车。五千迢递情非远，始信荧屏也不虚。松江水灵应有龙，烟波广阔聚淙淙。高鸟翔集白帆起，云韶只待一声钟。蛰居未用一九潜，羑里乾坤六爻占。翻尽断条原非否，迎来造化待虬髯。龙门开处纷纷跃，混沌发蒙盘古凿。回眸过隙五千年，四灵齐向秋旻烁。　　半月渐圆规未成，江流渐远浊还清。春去春来无终始，春春紫气照眼明。与君一望东流水，月影婵娟夜难寐。素客千千绿角繁，对此谁能不大醉。铁马长嘶无尽文，花朝流水思纷纷。从今高处常登眺，辽东海上北来云。

清商曲辞吴声歌曲

成都行效竹枝三首

李冰夫人

岷江碧水绕山流，百转千回到益州。遥问李郎修堰处，排沙分水忆侬不？

孔明夫人

七擒孟获凯旋归，淡月疏帘人影稀。前夜又书出师表，害奴早起点征衣。

杜甫夫人

浣花溪畔补寒衣，归鸟哑哑枝上啼。白首郎君咳嗽苦，休教冬夜吵为妻。

近代曲辞

邯郸竹枝 (五首选三)

(一)

劝君莫唱白头吟，花落水流那可寻。郎是灯笼千只眼，侬为蜡烛一条心。

(二)

劝君莫唱竹枝歌，若唱当能两处和。谁见巴渝孤水调，疑晴疑雨自蹉跎？

(三)

莫唱当年杨柳枝。长条本系两相思。君看乱絮凌空舞，飞向天涯有已时？

近代曲辞

竹枝春词三首

（一）

出墙一朵杏花娇，浪蝶狂蜂蕊上饶。谁解阿侬出墙意，那人远隔九重霄。

（二）

新蕾当阳抱满枝，东君顾我未嫌迟。明朝靓丽街前绽，伫立怜香谁可知？

（三）

叶小蕾微侬是花，春风荣我自天涯。牡丹芍药深宫里，未必随心无怨嗟。

近代曲辞

农安竹枝 (五首选三)

睡　莲

照影婵娟媚自眸，涟漪轻弄瓣含羞。知君蕾
裏三生梦，记得王昌字莫愁。

花　海

耀紫呈黄香惹衣，迎风十里远听旂。郎心莫
系波斯菊，切记波罗湖畔矶。

菡　萏

粉面罗裳浥泪痕，阿侬谁信不销魂。萧观音
坐黄龙府，月梦风心锁苑门。

近代曲辞

北风行

赋得"北风卷地白草折、千树万树梨花开"十四韵。

玄冥尊于北，五行居水德。忽焉如席飞将来，谁道亥子祟为黑。北海朔气南吹风，飘飘雪落遍辽东。玉树琼花非春事，阻道塞车游子恨难穷。　鹅毛漫卷，残叶悲转；问尔烛龙，几多轩冕。弥天遮地，避无可避；裂土封河，行人惊悸。万里愁心一片白，谁堪卢龙久为客。何期管网冻纷崩，蛰居又陷如冰宅。　土木何草草，百万人烦恼；貂裘绵衾缩成团，啾啾冷巢皆似寒号鸟。蚁穴纷纷或能天柱折，不恨今宵寒冷但忧来日东君辍。愿得建章飞出十万鸮，硕鼠蠹虫入其舌。　闲人杞国结千千，暂借谣谚达上天，八奸一扫清卧榻，野老酣歌可安眠。百年梧桐树，秋风滋薤露。筑得凤凰巢，嘤鸣期永驻。禹甸九百六十万，芸芸夜夜许心愿。外御胡虏内升平，四月初八三牲献。扶桑不老参天树，岂容白蚁朝暮蠹。杀虫最是解燃眉，生死攸关休止步。　北风夜发万枝梨，红紫来春正可期。青阳太簇三吹角，梧桐染翠放荼蘼。雪花不日换春花，绵绵芳草到天涯。苍龙有待驱玄武，素客凝妆飘紫霞。昆仑雪化江河开，紫燕檐边飞又来。梨花曼妙三春水，南阡北陌任徘徊。

杂曲歌辞

梁甫吟

昨日闻玉涵殁，多时打不通电话，不想北海归来竟成永诀，生前未能一晤，其心之苦，只有我知。昨夜难寐，思绪烦乱。午饭后稍好，乃命笔诔之曰：

天路何茫茫，蓝桥湘水自难望。梦萦伤心地，北海短松冈。惊鸿折翅春不返，小楼明月赋情殇。光阴速，朝露凉，蜀琴赵瑟乱宫商。关山万里无消息，菡萏香销空断肠。寒塘冷月应犹在，鹤影花魂讵可双。琉璃杯已碎，琥珀酒遗香，不忍见此物，摧烧扬弃昔时携手之大江！

相和歌辞楚调曲

战城南

甲午战，海波旋，英魂汩没不曾还。戊寅战，血成河，板垣矶谷现颓波。七尺男儿能舍己，万里长城筑悲歌。胡虏古来多进犯，中原几度起干戈。君不见乌桓青海遗白骨，又不见海岛虎门漫硝烟。龙城飞将在，关山缺月圆。烽火有已时，盗寇无永全。华夏东方立，世界久趋安。靖国神社灰不死，卖岛狼烟今又燃。乃知兵者是凶器，神州不得已，东海列战船。何当干戚醒夷梦，有苗刀弩缩归富士山。此纪非光绪，今非甲午年。东洋武士识之否？莫使投降史再翻。

鼓吹曲辞

胡笳十八拍五哭翟兄

　　尔何毒兮秋风，催落木兮梧桐。洒阴霾兮亢角①，布缟素兮关东。众心恸兮星陨，魂梦牵兮伊通。一拍起兮垂泪，化暴雨兮如洪。　　仁兰水兮望松江，旧意塞兮新怨长。思故人兮乌三匝，雨如注兮满萧乡。子侄泣兮手足啸，桃李曳兮耆旧伤。歌二拍兮寄桑梓，鹤驾徊兮忍回望。　　斟酌桂酒兮整顿金卮，纸钱杳渺兮飞向瑶池。欲问金母②兮："何以迎客？""刘伶伴饮兮李白和诗。已报玉帝兮'加封爵秩，凌霄祭酒兮坐朕丹墀。'"飞传吉林兮诗友堪慰，三拍未就兮日景迟迟。　　祥云缭绕兮仙鹤裴回，金天鼓震兮西昊③敞扉。八恺④分列兮九女举袂，奎星⑤稽首兮延入宫闱。问："君何意兮频频回顾？""流连塞外兮折柳落梅⑥。"胡笳变徵⑦兮再起四拍，西方极乐兮何日来归？　　陈王⑧宴兮靖节⑨沽，江宁⑩立兮举玉壶。达夫⑪唱兮嘉州⑫和，拾遗⑬荐兮翰林如⑭。稼轩击节兮漱玉鼓瑟，相得畏友兮不亦说乎？歌五拍兮君起舞，舞未竟兮盼来途。　　雨潇潇兮天马东来，风飒飒兮阊阖⑮为开。雷震震兮催神归位，电闪闪兮迎迓英才。文昌⑯乐兮又添夙宿，长庚⑰喜兮知遇同侪。六拍促兮旋宫钟吕⑱，八音裒兮着意安排。　　看朱成碧兮遐思纷纷，琼浆踯躅兮顾念旧人。俯视关东兮昨日桃李，红紫芳菲兮梦入三春。三春不见兮："羲和^⑲驻马，倒转乾坤兮还我乡亲！"乡亲遥望兮七拍呜咽，琢璞^⑳良师兮孤雁离群！ 揽琼楼之瑞脑兮感蟾蜍之轻寒，舞清影于紫冥兮定不若在人间。曳红巾以揾泪兮思翠袖之窈袅，飞归梦于长白兮阻阴阳于关山。居梁园以清乐兮引蓬莱之神祇，叹独来此异域兮隔霄壤不团圆。奏八拍而喟叹兮问南飞之雁阵："吾西游之归路兮从何处得回还？" 关东诸子兮望琼霄，欲晤斯人兮天路遥。从兹寂寞兮明月夜，未有周郎兮不吹箫。南湖岑寂兮东山暗，西陆蝉声兮似嚎啕。九拍戛然兮思暂止，欲上天国兮醉魂招。 胡笳叠起兮哭以为歌，思君不见兮无可如何。明年春日兮丁香再放，吾令花瓣兮全披素罗。素罗轻舞兮相邀桃李，桃李无言兮枝叶婆娑。婆娑婆娑兮十拍杂沓，杂沓杂沓兮兰水翻波。 原上草兮陌上花，杯中酒兮盏中茶，飨宴君兮君知否，来桑梓兮话桑麻。话桑麻兮童绕膝，童绕膝兮此是家。十一拍兮寄天竺^㉑，天竺远兮泛仙槎。 王孙隐兮草尚青，紫霞现兮忽以冥。祐诗民兮振诗众，劳君奏兮报天庭。天庭诏兮传天意，无钟吕兮讵言情？十二拍兮整旗鼓，重列阵兮慰英灵！ 歌十三拍兮送君远游，木兰为棹兮沙棠为舟。咸池浩淼兮白云接水，孤帆倒影兮天际漂流。仙人回首兮依稀含笑："风骚即起兮我复何求？"关东列阵兮盔明甲亮，大纛飞扬兮长白山头。 飞鸟逝兮眷故林，开皓齿兮扬哀音。鸣赵瑟兮拨蜀琴，凤凰叫兮瑞龙吟。十四拍兮梁尘动，思故友兮梦中寻。遥相望兮月影临，情未了兮故园心。　　从兹以往兮海北天南，举杯邀月兮对影成三。琢璞崦嵫^㉒兮挥毫彭蠡^㉓，虎卧高丘兮龙潜深潭。芰荷为裳兮幽兰为佩，凤毛为麈^㉔兮玉芝为簪。鸣十五拍兮传书河汉，鸿鹄为使兮青鸟为探。　　十六拍兮遣白鹿^㉕，过王乔^㉖兮访周穆^㉗。黄河^㉘济兮黑山^㉙宿，木兰^㉚迎兮可汗^㉛祝。伯^㉜延饮兮若^㉝陪读，赏后园兮梅兰竹。麻姑^㉞婢兮吴刚^㉟仆，西宾礼兮儿郎塾。　　十七拍兮天路鸣铎，册勋功兮加封侯爵。王孙辞兮回瞻芳草，思别情兮萋萋菊蘦。遥招手兮关东未远，天河阻兮也倩梁鹊。何当盗兮终南^㊱灵药，返长白兮重以为乐。　　长相忆兮如针入骨，遍经络兮其流汩汩。十八拍兮我梦如斯，春之来兮丁香又发。桃李环兮兄之左右，渔村烹兮松江鲫鳜。饮君酒兮骋怀达旦，同玩赏兮松江晓月。

【注】

① 亢角，二十八星宿东方青龙七星之二宿，借代关东分野。

② 金母，西王母，西方属金，故称。

③ 西昊，即西帝、白帝，少昊金天氏，主管西方。

④ 八恺，颛顼帝高阳氏之八位能臣。

⑤ 奎星，二十八星宿西方白虎七星之首，主文采。

⑥ 折柳落梅，《折杨柳》《落梅花》，皆北方乐府民歌，意为翟兄怀念关东。

⑦　变徵，古七声音阶之第四声，比今七声第四声高半音
　　（一律），寓慷慨激昂。

⑧　陈王，曹植。

⑨　靖节，陶渊明。

⑩　江宁，王昌龄，曾官江宁令。

⑪　达夫，高适字。

⑫　嘉州，岑参，曾任嘉州刺史。

⑬　拾遗，杜甫，曾任左拾遗。

⑭　翰林，李白，曾任翰林；如，到来。

⑮　阊阖，天门。

⑯　文昌，星官，专管理人间读书和文上功名。

⑰　长庚，太白金星，忠厚善良，玉帝特使，专司传达旨意。

⑱　旋宫钟吕，钟吕，黄钟大吕，借代十二律（六律六吕）；
　　旋宫，十二律旋相为宫，即变调，这里指曲子不断变换。

⑲　羲和，为太阳驾驭六龙之神，掌握时间和制定时历，
　　这里指翟兄命令羲和倒转时间，意欲重返关东。

⑳　琢璞，翟兄一贯为诗友作品画龙点睛，化腐朽为神奇。

㉑　天竺，印度古名，佛教传说为西方极乐世界。

㉒　崦嵫，山名。在西北，甘肃天水县西境，即今天的
　　齐寿山，神话传说为日落之地。

㉓　彭蠡，彭蠡湖，鄱阳湖故称，在东南。两地意为翟
　　兄成仙，四海遨游，传授诗艺。

㉔　麈，鹿一类的动物，其尾可做拂尘：麈尾（即"拂尘"），
　　这里指拂尘。

㉕　白鹿，神话中南极仙翁坐骑之一。

㉖　王乔，王子乔，传说中仙人名，周灵王太子。

㉗　周穆，周穆王，传说他曾西游访问王母。

㉘　黄河，用《木兰诗》事，"旦辞爷娘去，暮至黄河边"

㉙　黑山，用《木兰诗》事，"旦辞黄河去，暮至黑山头。"

㉚ 木兰，花木兰，用《木兰诗》事。

㉛ 可汗，北方君主，用《木兰诗》事。

㉜ 伯，河伯，黄河之神。

㉝ 若，海若，北海之神。

㉞ 麻姑，长寿之神。

㉟ 吴刚，月宫之神。

㊱ 终南，终南山，南极仙翁修仙居所，传说那里有起死回生的仙草。

琴曲歌辞

招 魂

看追悼会照片，又是泪流满面

鹤驾起兮珠泪流，仙人鹤上兮再回头。天竺远兮万里愁。魂归来兮西天不可久留！

玉树后庭花

风流老才子，七十蓄红妆。不在深闺观玉树，垂帘秉政登庙堂。金陵春梦奢，五胡闹中华，君不见门外韩擒虎？忍相顾楼头张丽华？羽檄流星飞郡县，欲讨潼关杨李变。天耶不假时，人耶非所愿。陈家气数还几天？睡梦中江山主人换。

杂曲歌辞

胡无人

　　大雪飞飞到大寒。大寒大野顾茫然。汉将雄兵三十万，扫清沙碛净胡天。胡天九月花开日，满地落英谁人恤。车载牛牵夜遁逃，杳如牧羊犬般失。圣人不得已，戈矛久贮今来付猃狁。胡笳悲鸣胡疾走，弃甲抛裘那复认东西。唯有胡言风里漫，"李广南蛮箭法也无奇！"飞将在，炎汉昌，胡无人，靖北疆。

相和歌辞瑟调曲

野田黄雀行

　　鸣蝉方得意，身后舞螳螂。螳螂双刀谁能敌？黄雀飞来耐可润饥肠。黄雀饥肠殊未果，岂料飞弹称手少年郎！蝉耶休得意，螳耶休逞强。黄雀翎毛讵知飞弹戗。少年非残忍，不肯轻杀伤。若夫恶恶加我眼，引弓流石也能狂。

相和歌辞瑟调曲

悲哉行

悲哉孟达，呜呼为伤。东食西宿，反复无常。乃父部曲，一夕输光。刘璋盲瞽，昭烈荒唐。荆州不救，遂降许昌。字污鲁肃，亚圣羞襁。呜呼哀哉，生子如殇。汝今虽死，臭千年扬。

杂曲歌辞

春日行

青阳见，又当春。苍龙醒，御东君。红梅蕴，待芳辰。铁马驰，载归人。忆甲午，华夏新。猎狐虎，扫蝇蚊。路带倡，国宾频。醒狮吼，震乾坤。督抚惕，州府辛。惮御史，畏民唇。扶孤弱，儆重臣。生民望，得真君。烟花放，丝竹欣。期盛世，莫逡巡。振纲纪，靖常伦。罗金盏，祝长春！

杂曲歌辞

前有一樽酒行

　　大寒过了到立春，黑水丁香肴馔新，全羊宴兮炉火旺，举樽酒兮酬故人。忽闻赵瑟奏，又传蜀琴鸣。爵兮爵兮若为情，嘤其鸣矣送友声。关雎唱兮橘颂讴，乐府扬兮上林谁与我共追求。昭明韵长兮参军变徵，开元遗响兮南北同侔。正宫发兮未歇指，我之先人兮浩瀚长流。天生吾侪爱歌咏，承列名家兮深思猛省。祭灶之时酒正酣，关东一众兮来日图南！

杂曲歌辞

李夫人歌

　　一钵玉米羹，何以鬻龙庭。一条褴褛裈，何以天下行。皇帝新装敢欺世，骑士驽马效出征。元无病，矫眉凝；梦安国，醉宫廷。自言本是金枝玉叶堕，恨乏丹书铁券证出生。夜郎金闺比花月，小乔摩态笼中鹦。出门遍妒红尘姝，尔等鄙陋焉能媲娉婷。心中常盼西施明妃貂蝉太真一日冥，赫拉维纳雅典一朝薨，章台柳尽不重萌，上林秋天永驻皆落英。彼时谁不夸侬倾国复倾城。

杂歌谣辞

独漉篇

　　水深梦数，泽袤泥浊。梦数无因，泽袤迷人。哀彼孤鹜，获缈不渡。郁郁神伤，如痴如狂。其狂可恕，孀焉失怙。水深无鱼，施喙何狙。掌以蹂兰，翅以求欢。求欢无得，泥水翻黑。哀哉孤孀，聊此为殇。南山仙草，医尔枯槁。

晋舞曲歌辞

农安剑鹏天马歌

　　汗血飙风踏，经霜秋草多。匈奴南来穿大漠，月氏右向结平波。远嫁乌孙汉公主，夜捣长安月儿高。玉帛西交张博望，干戈北御霍嫖姚。大宛天马贡东来，建章玉漏影徘徊。长嘶已报传烽火，阳关甲仗雁行开。君不见千骑长驱狼烟扫，射虎将军餐已饱。单于西遁靖条支，骅骝萧萧践白草。尔来两千载，装甲替冷兵。战鹰飞旷宇，瀚海驶巨鲸。天马厩中徒伏枥，赛场栏杆枉悲鸣。剑川阿鹏今已老，天马西南唉不了。身毒白象霸锡金，洞朗黄龙窥麟爪。记起卫青安汉疆，更忆哥舒保盛唐。竹批双耳拳毛动，风入四蹄跺槽槲。嗟乎若使骕骦临塞上，有苗焉敢再猖狂。

古风选二十三首

读太上老君在线《孔家庙里住韩非》

忆昔春秋时，诸子各争鸣；莫云学杂沓，大道此间生。一自独尊儒，百鸟尽安宁。岂知天造化，孤轭未能平。大矣先尼甫，犹知问老经。阴阳相生化，乃可万物兴。

怀旧兼贺卧龙诗词社成立

昔我年方少，垦荒卧里屯。一顶青天阔，旦暮对无垠。引嫩沧浪满，濯衣浩淼浑。碱水熬粥泥，篝火燎胸温。挥汗冬将夏，骑垄秋复春。油灯伴夜读，经史抚岁痕。　　乱世蹉跎久，忽焉敞黉门。夺魁出百里，入泮感师恩。卒业遴省府，逞志邈乾坤。刀笔眷生慕，策划每超群。阴阳合二度，芝麻著袍新。　　三迁历万事，尽瘁度晨昏。坎坷宦游苦，兼济感空论。知命亲风雅，可以寄幽魂。博网识刘幸，金刚举酒醇。天耶能弃我，我何负此身。　　兴观会诸子，群怨注独樽。丁香开桑梓，卧龙响笙埙。龙凤非为远，访戴同鼓盆。今闻秋结社，书空遗王孙。

观《我的娜塔莎》情痴七咏

爱情，是文学艺术永恒的主题。但一切的情爱，都离不开特定的历史环境。崇高的爱情之所以伟大，是因为她不游离于生活之外，而是附丽于历史之中。文学塑造人物，不在于写这些人物做什么，而在于为什么、怎么做。这个怎么做，不是偶然的，而是人物精神本质的必然。

在中俄友好年到来的时候，电视连续剧《我的娜塔莎》上了荧屏。最初，我以为立意大约是出于政治的考虑多，所以没去关注。一个偶然的机会，让我看到了两集，就被故事吸引住了。竟花去四个通宵，从网上一直看到完。

我不想说反法西斯战争的历史背景，仅从故事中的七个人物形象，欣赏了贯穿爱国主义、国际主义和人道主义的崇高精神的爱情颂歌。虽然故事的某些情节、细节，采取了浪漫主义的手法，但是就其本质来说，是现实的，体现了历史的真实、艺术的真实。尽管每一个人物的个性，都有或多或少的缺点，都不是完美的。但是正由于他们有缺点、不完美，才更具有现实的意义，更符合生活的逻辑。

这七个人，有一个共同点，就是对待爱情的痴迷。他们的痴迷，不仅仅表现在正义与非正义的抉择间，也表现在民族传统差异、文化差异的多重复杂冲突间。他们并非爱情至上主义者，因为他们为了正义、为了国家、为了解放，为了人道，曾经痛苦地舍弃爱情。但爱，毕竟是他们视为极其宝贵的东西。为了爱，他们牺牲了太多太多。

于是我就写下这组古风《情痴七咏》，不知朋友们是否认同。

红姑娘

草帽山匪首，巾帼绿林中。劫富飞刀利，插房双枪雄。爱恨澄如水，信义笃始终。择婿强留客，比武显豪风。新房捐对手，喜酒醉来鸿。击掌归顺子，自戕践故衷。铮铮成一诺，血洒满江红。

傅景慧

尽忠何惧虏，敢爱不须媒。家财弃粪土，丹青共光辉。苟活存骨肉，乔嫁以续扉。忽闻刑烈士，从此绝空帏。只身将六甲，黄泉不忍违。大喝趋枪弹，正气死如归。振臂雄狮怒，捐躯碧血飞。谁言弱女子，生命便涓微？

伊田纪子

椿焦手足殁，之子已无家。飘萍不义战，茕茕在天涯。同盟缘人道，背邦揭旧痂。忍看无辜死？良知未曾遮。　　既有庞天德，何生娜塔莎！炮烙唇舌锁，木头送火车。绝地伊人来，长夜现朝霞。海东千里远，负君岂畏遐。霍乱尸堆里，还魂一路爬。扶桑绝归路，异国寄蒹葭。　　洞房人梦异，卅年空叹嗟。分钗缘至爱，送远心如麻。爱到能割舍，南海皈珞珈。

赵顺子

孩童才五尺，家国大难临。卧龙一兵小，寇
恨百丈深。诈死余生渺，复仇战旗任。草帽山喜宴，
忽焉解瑶琴。满江红一见，三字感于心。梦寐思
佳偶，开蒙普希金。劫刑独举手，击掌道痴忱。
马背拥花死，魂插鬓边簪。合葬乌苏里，天国传
好音。

瓦兹洛夫

夺爱百年恨，并肩两国情。决斗怜仇敌，救
难讶才精。痛失丘比特，喜结肝胆英。退祝婵娟好，
进思连理成。忍闻天德死，终期莲藕萌。中年拒
俦侣，知命抚螟蛉。深知人异梦，甘愿我牺牲。
螳螂身供啮，杵臼头换生。郁结陈疴起，心慰古
欢盟。痴若孙子楚，料想叹难能。娜瓦拜堂日①，
黄泉思可宁。

【注】

① 据生物学研究，螳螂交尾后，雄虫任由雌虫吞啮，以育胚胎；
杵臼句：公孙杵臼，自我牺牲以救赵氏孤儿事；孙子楚，事见《聊
斋志异阿宝》；娜瓦，娜塔莎、瓦洛佳。

庞天德

国耻殊未雪，队仇更难消。梦饮渡边血，魂餐白六膏。教官义援手，军纪只身挑。草帽虚花烛，神矢未可逃。　　远征生死别，牙床咫尺遥。因循鲁男子，迂腐违良宵。三字难启齿，旗语车上招。归来木屋畔，盟誓界河皋。　　海东相濡沫，九难搏群枭。酹酒用心苦，休妻抗命焦。奈何双亲虑，无以续宗桃。秉义辞床笫，洒泪醴新髫。锄奸阻趋死，夺宝缚爱姣。救危践罗网，永诀对屠刀。魔窟劫余息，呓语鸣故箫。　　重逢垂危际，合昼看明朝。酬亲控连理，惜弱举阿娇。创伤成大壑，异国阻迢迢。救死伊田屡，结缡亲命饶。　　十年梦两地，一旦聚三曹。割席风雨骤，从此断兰桥。百折界河会，双魂木屋销。可怜英雄侣，比翼私渔茅！孤舟为青鸟，白桦奏云韶。巴扬鸣幽怨，血蠹鉴凌霄。牛肉汤传暖，号旗语心潮。边防行夜捕，拘管若笼牢。敌国绝人爱，昙花恨永凋！　　春风化冰雪，春水润邦交。耄耋寻故剑，白头着喜袍，四纪生死偶，一朝系红绦。青春捐家国，鲜血洒波涛。忍将生死恋，深藏心底巢。英雄无怨悔，情侣多阻挠。悲歌成喜剧，君父莫重叨！

娜塔莎

救死三援手，识庞界河边。义钦能舍己，胆羡敢承担。爱恨清如水，喜怒表于颜。复仇同士卒，负责独教官。　　比武争坦腹，拜堂迷浪漫。断杵谢痴瓦，鸣琴示藕莲。蹂肠愁送别，摧心惮无还。此去恐永诀，抱恨隔尘泉。愿将通灵玉，一夕遗所欢。木讷推丽质，达旦泪未干。　　重逢惊健在，倾心木屋前。战后约俦侣，相期共百年。海东乔伉俪，存殁绝壁悬。军纪遥千里，何妨共枕眠。可恨迂腐子，同榻如隔渊。爷娘盼香火，奠雁续单传。愿君施雨露，以抚翁媪讪。顽石终不化，军令彻底寒。　　燕巢雀占日，娇花篱外迁。纪子来突兀，得失虑交关。无辜不忍戮，嫌猜臆下燃。锄奸君冒死，解难我心安。噩耗闻霹雳，悲怆久难痊。痴情埋方寸，古井阒无澜。　　垂泪灵堂下，捉丝庭径间。破门见微息，妒恨怒冲天。姑嫜枪口对，姐妹麻索拴。针饵医暴病，床帏慰凋残。谁知冤家狠，投诉出冷言。鸾帐成沟壑，痴心阻万山。霍乱传书殁，奔来焚纸钱。不悛知幸在，牙床含恨看。回镳怅惘去，山海一怨牵。　　鸿雁喜飞来，东陆释冰川。赴援应有待，堪慰此生缘。相会车间里，合卺将团圆。又遭家国阻，月台绝草菅。征鸿入罗网，一去杳如烟。　　朝暮窥木屋，春秋划小船。桦林叶望落，界河水望穿。寒来蜷户牖，暑至凭栏杆。蓦然见旗语，举桨共潸然。夜渡渔家聚，花烛未可完。勋章以为证，队旗以为先。弱冠旧琴瑟，不惑新野鸳。廿年鸾梦锁，一宵桃浪翻。苍颜缱绻处，悲喜泪涟涟。　　良辰居未久，人影逝无端。为君存骨血，适瓦屈求全。风霜育孤子，藩篱辞草滩。洛夫身已殁，娇儿体成椽。冤家一何苦，海东三往旋。鱼馆重牵手，四鬓雪斑斑。大轿八抬入，三拜再开筵。耄耋心如旧，结缡两孤鸾。　　巴扬复鸣曲，美酒又开坛。英雄昔比翼，家国义同肩。生死百场战，韶华一处捐。何以无情棒，拆散一番番。和平青史注，友好血成诠。应惜手足谊，仙侣共阒阗。

寻春二首

（一）

寻春不见春，北风还呼啸。纵目看荧屏，红紫争相闹。问春在何处？春在心头跳。

（二）

沧浪之水清，掬来濯衣好。一桶灌丁香，一桶沴清藻。玉台徐孝穆，哀叹出生早。

晴明前与轻舟兰儿雪语漫步松花江南岸察丁香发芽未·分《探芳信》撞得浸

冰雪化春流，草树根芽浸。一江碧涟漪，半天紫霞沁。丽人邀我来，因开病床禁。微风拂柳丝，细草黄未沉。手把抱蕾枝，柔软抒沉吟。沿岸丁香丛，映日除寒噤。湿土润如酥，健条满如妊。粉面暗凝红，罗裙不须赁。四月闰卅天，花繁良可荫。百结散凝香，应比去年甚！

拟高俅奏贼配军林冲造反纪事本末

虚名其浪得，八十万兜鍪。太祖高文士，武弁岂入流。挥汗教枪棒，兀自不知羞。娶妻貌非丑，家宝讵能求！进香本多事，卖弄有好述。犬子怜香意，顺水不行舟。公然逞拳脚，贼胆便开牛。微臣思大度，不与彼结仇。林闯白虎堂，带刀犹欲抽！似此如姑息，典章焉以修！扭送开封府，量刑狴犴收。发配程方始，潜逃已筹谋。若非董薛勇，其必海角投。拘捕将正法，松林捆数周。侥幸恶僧至，苟延到沧州。　　沧州有豪杰，名传洪教头。灭彼嚣张气，大棍情不留。孰知贼诡诈，赏银夺一筹。同伙为行贿，监牢买自由。臣忝居太尉，吏遣陆虞候。未然先防患，毫末可辨秋。调往草料场，期除来日忧。可恨贼狡猾，买酒能开溜。大火烧不死，寒风冻未休。匈逞山神庙，枪穿官府貅。畏罪窜水泊，落草梁山陬。聪明汪秀士，料定林阴谋。赐金赖不走，杀人状未投。怜其丧家犬，山寨以为喽。报恩是常理，怀恨竟藏钩。　　藏钩本难逼，群盗入为俦。火拼窃山寨，血溅送客楼。谦谦伪君子，位逊晁吴刘，岂是真甘下？因惧众人矛。从此成惯犯，大宋民遭蹂。浔阳江杀戮，祝家庄罪尤。曾头市祸乱，大名府悲憀。草寇桩桩罪，贼子几曾不？天子夜难寝，太师梦也愁。官吏不敢出，商贾不敢游。暴徒今不逞，横行水上洲。匪首遭恶死，公明放高眸。朝廷建功业，胜如聚蚁蝼。林贼与李逵，不忿鸣啾啾。花僧并行者，从中也加油。　　加油仍不了，抗命更掷骰。老道亦多事，九宫八卦稠。两番缚童帅，三次败臣俅。臣俅与童贯，共蔡并三酋。重臣敢触犯，朝野蓄鸿沟。早晚生嫌隙，陛下争绸缪？后虽强归顺，盗性那得抠。征辽常怠惰，灭腊闲暗偷。牢骚多恃酒，怨怒故贼盉。　　贼今身虽死，盖棺论可镏。厝骨于荒野，扬灰于远飘。汗青书罪孽，磬竹也难繇。童蒙增教化，翁媪共知遒。莫让后来者，他年得效尤。寄语人间世，勿学泥里鳅。

虫 灾

前月散步时，树叶色见灰。问以水泥垢，人多不以为。今晚又散步，树杪多萎衰。捧在手中看，粘虫形已回。中心甚忧虑，毋使彼喧豗。　　适才网上闻，辽黑正告危！粘虫浸润来，稻粱粒将非。想来讵一日，司农职事违。萌芽未即察，遂使聚成堆。五谷百万石，尽成虫腔肥。　　防患于未然，古语耳外飞。一旦虫灾起，樽俎空者谁。疾呼天下人，灭虫莫徘徊！

肃宗登基后之唐明皇内心独白

灵武龙旗举，马嵬血未干。乃知危唐祚，不肯顾私颜。渔阳鼙鼓震，吐蕃雕眄悬。一旦父子恶，江山化云烟。四纪英明主，跃龙今在渊。　　恨未听子寿，遂养胡虏安。恨夺寿王妇，老贪大内欢。君王不上朝，讵能保江山。我心知民本，社稷命攸关。君位传非肖，暂解眉边燃。舍我延唐运，何必忆当年。

火炬树

今自辰时四刻，至巳时五刻，推外孙在园中散步，彼在车中熟睡，余闲坐看守，无事可做，辄将散文翻写成选体。

我家住新湖，小区号明珠。崇楼高三柱，庭园围四衢。草树方十亩，杂然生万株。春来花似锦，桃李竞芳姝。夏至果如云，樱杏逞翠荼。　　惜我七年住，盲焉未觉殊。去年致仕归，外孙降呱呱。旦暮推小车，伴我两不孤。徜徉石径间，忽焉感步虚。辋川不过此，摩诘我胜欤？　　身在武陵源，红紫愧久辜。园中芳树众，当春地遍苏。衍根吸玉露，繁叶向金乌。有木名火炬，悄然盛而诸。丛林冠盖下，泉埃尽可图。情如吉普赛，随处便结庐。翠叶连骈茂，青枝摇曳舒。果塔状犹炬，得名信不徒。来者十数年，夺名颇有余。庄园称火炬，不复记当初。　　火炬非贵胄，莘莘良可书。坐久忆天演，竞择道悟渠。不怨不逢时，不怨非所居，不怨周匝妒，但能适此途。安之求泉壤，欣然顺暾晡。生根随所遇，结子任所趋。祚传归日角，种留到海隅。善哉火炬树，天道尔独揄。

过大庆黎明诗社得不字

黎明驾车来，大野冥蒙黢[1]。一路览秋光，琳琅好风物。相见碧水边，沙鸥衔香菀[2]。罗珍味袭人，列盏醇馥郁。十客各风流，芝兰良馨蔚。洗耳听云韶，望之如岑岉[3]。不敢吹胡笳，那可伴金欻[4]。自今梦关山，痕深料难拂。西陆带微凉，想是为君祓[5]。半规月将迁，诸子忆侬不？

【注】

① 黢：黄黑色。

② 菀：读 yù，药草。

③ 岉，读 wù，高峻。

④ 欻：打击乐器，即小钹。

⑤ 祓：除灾求福。

全聚德雅集拈得就字十韵

十年一何长，十年一何骤。同调一网牵，分野四方宿。杪秋遇京华，握手西时后。翩姗三女王，汗浥红绡透。容颜喜瞻新，文章激赏旧。芝兰匿蒿蓬，无改痴怀瘦。何以助交欢，烤鸭佐陈酒。陨黄不足哀，已僭仙圣[1]寿。会看所灌园，群芳取次秀。擎樽问南山，归鸟窠可就？

【注】

① 诗仙李白享年六十二岁，诗圣杜甫享年五十九岁。时余就是三岁矣，故曰僭。

永源分韵得客字

秋光永源好，相携以为客。迢遥桦杂杨，斑斓坡上色。鱼肥盈网罟，稻铺卧阡陌。主话代兴亡，宾议叹乡国。玉泉满琉璃，金兰叙稼穑。保钓有三台，无劳经济策。

张家口

大火黑烟滚，危楼愤怒然。那堪十八下，再受一层煎。逼民为匪盗，乌得作神仙？不足何可损，有余宁太残？垂危讵惮死，豪奢曷保全？奸商与污吏，毋乃忆防川？枯木积既久，萤火烧透橡。洗马①言凿凿，秦王②愤拳拳。开渠消潜浪，杀蠹补漏船。箭发奚回头？黔首是汝天！

【注】
① 魏征曾任太子洗马。
② 李世民登基前封秦王。

寒冷招饮初见刘淑彬得矣字十二韵

飞雪覆江城，六花作天使。寒冷焉阻思，一
众聚八子。旧交常萦怀，新面更堪喜。浣纱①久
知名，弹波②慕纤指。关东列将星，排阵冠獬豸。
形影杳无音，芳菲匿兰芷。初见岂非缘，相知或
当始。五十称少年，六十中年耳。舐犊葆天真，
诗痴吾共尔。紫云五瓣添，黄花重阳拟。不厌同
琴箫，还期竞桃李。浊醪滋古木，春其未远矣。

【注】
①② 刘淑彬网名弹波浣纱女。

逆淘汰

伍相悬双目，屈子投汨罗。车裂商鞅寡？腰
斩李斯多。封侯无李广，冯唐自蹉跎。聚竹步兵①
隐，采菊彭泽歌。哥奴②秉政久，曲江为相俄。辞
阙青莲马，遁蜀少陵窠。圣代犹如此，乱世更如
何。贤才国之器，弃置较无过。凤凰皆远遁，鸱
枭成恶魔。斯民庙堂远，萧墙任颓波。波翻天下死，
有处可逃么？

【注】
① 步兵，阮籍；
② 哥奴，李林甫小字。

柏梁体欢迎张站包大姐天天渔村宴会

一网缘深赖包张^①，相期酌酒日月长。大暑熏风染松江，花团锦簇紫丁香。大汉北来凤偕凰，丽人西毒^②影成双。福生伉俪本姓王，相敬如宾孟伴梁。如沐春风^③沐艳阳，兰舟长铗^④喜欲狂。松林阔叶^⑤溢芬芳，梦云墨客^⑥举琼浆。承古开今大纛扬，七万风人^⑦竞颉颃。八年^⑧创业名满邦，骚雅缤纷渐登堂。阆苑四季皆春光，百花开放百鸟翔。渔村夜话漫商量，河山有待更辉煌。笑满长堤情满舫，松花流水任徜徉。水流千里向远方，艨艟列队天边航。

【注】
① 包德珍、张驰。
② 杨立三酷似《射雕英雄传》中欧阳锋。
③ 刘国际网名春风如沐。
④ 张明艳网名素心兰儿，王卓平网名一叶轻舟，柳成栋网名长铗归客。
⑤ 龚志华网名松林沐雨，王松网名阔叶林。
⑥ 高凯网名梦云轩墨客。
⑦ 时中华诗词论坛注册会员七万余人。
⑧ 时中华诗词论坛开办八年。

五律选五十二首

谢友人赠松花粉竹康宁保健

新闻沈腰瘦，隔日问康宁。
朝服松花粉，宵温竹叶青。
寒梅伴双子，益友共三星。
仙岛结茅屋，西天奚取经。

纪念萧红诞辰 100 周年 （五首选一）

（其四）

国破身安在？鸿孤羽自衰。
但逢愁病至，不见故人来。
笔健难酬命，心驰岂化哀。
天耶若何忍？击鼓召英才。

冬至日闲云招饮五人瓜分刘随州《逢雪宿芙蓉山主人》得屋柴闻归四字 （四首选一）

得柴字

难得雪中炭，常丢釜下柴。
无才堪折桂，有梦可缘槐。
暂借生蠹字，权成陈腐侪。
旗亭聊聚饮，分韵矫书怀。

欣闻中国航母不久将提前下水

圆梦将非久，巨鲲携百鹏。
漫游巡四海，飞舞振三肱。
夜察白鬼入，朝迎红日升。
鲸鹰排阵际，国力可称兴。

步韵王湾《次北固山下》记赴兰儿生日宴始末（五叠选一）

（其五）

醒来频觅茗，不记卧床前。
衾枕眠痕乱，衣裳酒污悬。
吟诗堪度日，知己可忘年。
乐矣二三子，流连松水边。

松花江畔黄昏漫步

江干歌舞密，红谢绿争肥。
日幕踌躇落，杨花缭乱飞。
云飘融浊气，月上洒清辉。
画艇华灯亮，游人未肯归。

无　题

猎黑乌飞骤，驱黄鹂叫频。

嗷嗷藏野邑，耀耀显星辰。

鱼水凤城远，虫书尧典沦。

大堤侵蚁穴，故事畏翻新。

咏　松

可能山顶遇，莫向阙中寻。

风雪催针叶，岩峦生鼎忱。

开花甘守拙，固本但求深。

梅竹当知我，相倾赤子心。

咏　竹

沐雨增新翠，临霜依旧青。

怀虚知竞节，骨傲立如钉。

刻简千年证，行舟一点灵。

神州家万里，何处不留形。

对雪酬陈海洋咏春近作

雪覆江天黯，花开乔作簪。

不堪鸣太簇，何以馈梁岑。

志韧苍山矮，情浓洱海深。

佳朋遥有寄，毋用梦中寻。

胆摘除术前戏作 （二叠选一）

萨尔新开气，呼伦又走光。

钩除三寸胆，洗净一条肠。

不敢言得失，唯能怀感伤。

轮台山路远，玄武问齐梁。

长白山诗词学会棋盘山消夏笔会有记

秀水苍烟远，棋盘玄境深。

应怜漾金鼎，可以涤尘心。

长白尧封地，正黄牛录音。

东陵松柏翠，不必简中寻。

五奎山龙泉寺

五奎山蕴秀，万佛塔藏经。
向善人偕陟，寻幽鸟对鸣。
劫灰悚犹切，塑像敬应诚。
心有菩提树，无劳般若声。

城都吟草 (十二首选三)

谒杜甫草堂

拾遗居百日，捐弃走千程。
挈妇将雏恨，辞家去国情。
浣花非所愿，炼句故能精。
过客空来往，几人堪共鸣。

都江堰观宝瓶口

烈火烧顽石，宝瓶开内江。
泉清流蜀郡，景胜满川邦。
妙手施恩远，贤人造福庞。
自然无善恶，因势便堪降。

都江堰观鱼嘴

分水德无量，排沙益不穷。

岷开流内外，垒隔任干洪。

人道依天道，王风定世风。

鱼唇语谁解，千古一英雄。

有栏目将关闭临屏作《弃婴》以挽之

卷席荒郊弃，娇儿命惨凄。

六爻兆文曲，四柱隐天鸡。

过客捶胸叹，邻人掩泪啼。

爷娘胡不乳？害尔魄归西。

中国古代文明史上的发明家杂咏 (二十五首选五)

燧人氏

谁言斯事小，钻木火生微？

烧肉捐毛血，近暄凭炭辉。

得光思掘井，临热感开扉。

上古施恩远，后人乘梦飞。

嫘　祖

春蚕不再野，王凤启缫丝。
机杼织为帛，衣衾写入诗。
裹皮辞往事，穿草改当时。
西域驼铃响，能无有所思？

伶　伦

律吕参鸣凤，宫商传巉篁。
三分成母子，五度辨阴阳。
出土笛发轫，铭金钟滥觞。
感天知数理，曼妙美无疆。

石申与甘德

肉眼观乾象，痴心度百星。
四方名列宿，五曜计周形。
胸有紫微画，图标赤道屏。
晚生伽利略，稽首问天经。

郦道元

水经嫌简略，此憾梦难消。
甘冒千川险，毋辞万里遥。
足迹流波染，手书研汗浇。
江河应有意，拍岸奏琴箫。

过张师兄百如别业

大隐谁堪比，小区奚卧龙。
能将沧海意，埋在玉楼丛。
梦里三声叹，花间一笑逢。
冰心诚太簇，铁笔扣黄钟。

敦化雨花斋进膳

六鼎山头雪，雨花几上斋。
歌清传善意，舞漫动吟怀。
洗净红尘欲，拨开苍昊霾。
感恩馈天地，惜福驻形骸。

宝泉岭重逢闲心若水

人海何茫淼，相逢许是缘。
哪堪三尺幕，长隔九重天。
初识花方好，新来月又圆。
松江连黑水，波影驻婵娟。

过牡丹江赠佟光兄

琴趣连篇妙，楹联工对玄。
江湖书剑客，网络酒歌仙。
情沸镜泊水，义融冰雪泉。
识君此生幸，不必愧前贤。

南行吟草 （四十首选六）

台儿庄

古邑兼南北，飞薨照运河。
那知风雅地，曾斩计都魔。
壁洞英雄血，影留鏖战歌。
长条轻拂处，编简墨痕多。

再游沈园

匿凤应犹在，惊鸿料不来。
池闲鸂鶒散，桂尽芰荷哀。
母命心难谅①，春愁情未猜。
冰河余梦里，梅马尚徘徊。

【注】
① 母命句用《诗经·鄘风·柏舟》事："母也天只，不谅人只。"

重游溪口蒋氏故居

溪口风流地，旧居云集坊。
子名丰与镐，心铸统兼强。
落日悲台岛，归根嘱梓桑。
谁能定功罪，留待一千霜。

重过张学良将军幽禁地

幽居囹国耻，雪窦梏家仇。
匣里夜鸣剑，园中朝伴俦。
雨浓犹未霁，雾重可能休。
梦到关东邑，别来今几秋。

嘉兴南湖

谁信南湖小，曾翻东亚澜。
红船十二子，华夏五千桓。
史断家天下，国移刀俎寒。
江河堪作证，枫叶自流丹。

谒茅盾故居

妙手南乡蕴，书香古镇含。
警钟鸣子夜，悯意寄春蚕。
立奖嘉真善，倾心扶骥骖。
铁肩应有嗣，拨去眼中岚。

冬　至

长夜今宵最，大寒犹未来。

一阳潜讵用，三九渐何猜。

否覆终成泰，雪飘应绽梅。

新春宁太远，桃李到时开。

元　旦

荆妻跳舞去，犬子健身回。

群中频互贺，忙隙偶钻堆①。

怀旧今朝咏，想孙明日偎。

黄昏操俎勺，与尔漫擎杯。

【注】

① 钻堆，钻故纸堆。

自邯郸之京（五首选一）

梦寐邯郸久，遥瞻放腊梅。

东风期未到，朔雪暗相催。

驱散漫天雾，登临稽古台。

红巾秉烛夜，般若雨花来。

残腊之京华谢同门诸兄弟招饮幸会

异地双千里，同门四十年。
入京逢大吕，举酒祝尧天。
鹤发颜仍奕，春心鸠岂诠？
椿萱多赤子，汩汩尚流泉。

临屏题赠闲心若水

般若无边境，菩提有处修。
逍遥苦为乐，淡定事驱忧。
爱己及怜尔，寻亲不觅仇。
一轮圆满月，长挂在心头。

赴阿城讲课

太簇春阳媚，金源杨柳柔。
应邀征辔远，承命简编修。
四字由心血，三才赖耳眸。
东风梅柳意，桃李竞风流。

礼贤台遐思

下士安邦策，惜才谋治途。
魏文能有几，郭隗定非孤。
补阙总虚设，拾遗常被驱。
太宗千古帝，摧勒故狂夫。

魏祠怀魏武帝

汉季兵戈起，人间水火煎。
竖旗匡乱世，秉政见晴天。
鼎立呼为贼，民安终是贤。
刘曹谁永祚，有道玺能传。

邯郸谒七贤祠 （四首选一）

李 牧

大勇发人后，强军守敌先。
静如闺阁女，动似海风船。
兵者真凶器，用之胡滥缘。
有苗观戚舞，文德即安边。

全隋唐五代诗告竣言怀

红颜趋博览，皓首爱专攻。
不舍朝将暮，来探通与穷。
辉煌三百载，照耀九千穹。
我辈追随叹，神州文化雄。

仲夏病起抒情

仲夏天光永，郊园草木深。
风薰花顾影，雨润麦思金。
卧病诗成榻，祛愁头插簪。
莎翁曾有梦，拄杖眼前寻。

葡萄茄子豆角玉米蕃茄马铃薯及其他

今日生民必，当年入口难。
物流天赐予，人食胆仍寒。
锁国夜郎大，开门春梦残。
回眸成一笑，更待子孙看。

仲夏新荷

蕾羞绽桃面，叶媚弄罗裳。

净水婆娑影，微风缥缈香。

采莲舟尚早，戏蕊蝶难狂。

最是芙蕖好，蜂宾切莫忙。

夏至 （八首选一）

国际哥招饮，在河山街兰儿肉肆，从出发到回程作五律七首，次日醒来余兴未尽，又加一首。

归程值雨

微雨娟留客，晚风羞惹衣。

恋从心下起，别自柳边依。

识面因同好，交心为忘机。

朱明知我意，湿颊掩波睎。

外孙赏玫瑰

语巧能欺陆，情商不让崔。

寻芳踏瑶草，含笑赏玫瑰。

仁避伤蝼蚁，智趋分籽胚。

探花来日事，当入五人魁。

晚 照

大野苍烟邈，遥天金凤飞。

日长终汩没，冬至复回归。

山泽阴阳幼，风雷动静威。

涅槃当蹈火，般若岂能违①。

【注】

① 这个不得不唐突读者加个注了。山泽，艮兑，八卦中阴阳之
最弱者，比喻矛盾刚刚开始；风雷，震巽，八卦中阴阳较强者，
比喻矛盾相当突出了。郭沫若有《凤凰涅槃》浴火重生。般若，
心也，佛教有《般若波罗蜜多心经》，初心不可改。

水

冬至坚成骨，春来柔作情。

开渠从善速，叠坝酿灾宏。

霜结炎凉骤，雨凝高下争。

百灵离者死，万物赖之萌。

处暑感兴

孟秋新雨至，子夜觉微凉。

岁遣奎娄远，年催颜鬓苍。

扪心知善恶，鼓瑟焕宫商。

月桂还应好，擎樽迓叶黄。

农安会友 （八首选二）

又见白城四狼

狼也闻关塞，猩兮结草庐。
诗狂金缕散，酒兴赤怀舒。
三唱阳关曲，重逢辽塔闾。
此生知幸甚，堂奥子云居。

又见王述评

哥为贾宝玉，妹是史湘云。
不换麒麟锁，空存菡萏裙。
此生无凤翼，来世有龟纹？
但爱芙蓉好，写真留忆君。

闻韩兄白圭诞辰步韵遥寄

七月方流火，湘潭发芰荷。
勤工南国雅，继唱左徒歌。
雁驻衡山顶，舟行潇水波。
诗襄何所似，倒曳注江河。

题母鹿掩护幼子赴死照

明知留是死，唯愿去能生。
大爱何时现，微躯此地诚。
泪流观引颈，臆抚忆凝睛。
鹿乃人之楷，谁堪效尔情。

题德州飓风灾害见闻

德州真有德，休市未曾休。
风飓难逃命，水凶忙送舟。
非关教礼乐，只为爱侪俦。
人道能如此，陶唐几代修？

孟 秋

阳晞蒸白露，雨洗净黄英。
草浪随风大，秋声穿隙宏。
歇蹄骢顾盼，驻漠碛峥嵘。
浩渺新澄澈，沧浪好濯缨。

七律选三十九首

寅卯之交缅怀少陵

2012 年 2 日 12 日是杜甫诞辰 1300 周年。寅卯之交忆起，借兔而思月，月而思日，转而思诗中少陵，不亦日乎？作律以记之。

虎入深山坐北凭，兔临长夜每东升。
映从耀日光万道，飞向灵霄天几层？
但洒清辉人赞好，应知传热已无能。
一千三百年之后，敢问谁何及少陵。

遥祭许名扬师兄

今日与周蒙老师通话，方知世界著名诗人许名扬师兄一周前在呼和浩特市逝世，生不能面晤矣，憾甚，作律遥祭。

噩耗蹒跚自草原，名扬未许面交言。
半生囹圄仍爱国，四卷风骚先耀番。
血泪流成鹣鹈水，韶华铸就屃龙鼋。
泉台此去魁星阁，纸贵天庭著作繁。

步韵江湖竹琴贺《巴蜀诗风》二周年庆典

李杜三苏运紫毫，巴山蜀水领风骚。
峨眉山月人情永，扬子江波天籁豪。
剑阁唱酬期竟爽，夔州吟咏再登高。
今来谁可承衣钵？拭目云韶看夺袍！

即事闲咏

河伯东行知不胜，吾身三省几人曾。
赵高专政鹿成马，庄子逍遥鲲化鹏。
腐鼠鸱枭夸美味，猕猴衣钵冒虔僧。
闲书家有堪称富，何必红尘效狗蝇。

纪念鲁迅诞辰 130 周年

血雨腥风华夏倾，哀其不幸怒毋争。
引吭呐喊心将碎，荷戟彷徨路渐明。
盗火甘当一趋死，强邦最爱两先生。
投枪落处千夫悚，耳畔犹闻呼救声①！

【注】

① 两先生：德先生（德谟克拉西，即民主）、赛先生（赛因斯，
即科学）。呼救声：《狂人日记》结语："救救孩子！"

临屏和面鱼儿《贺黑水诗缘开版》

坎坷生涯心不灰，秒针滴滴更频催。
常思妙句无穷趣，每恋佳朋有限杯。
兰水入江江入海，青山撩韵韵撩媒。
荧屏二尺能邀客，清茗浊醪期子回。

中华诗词论坛十周年感兴

浩劫回眸寒未禁，时来噩梦悚相侵。

十年风雨荣新草，万里筝篦续古音。

博网移山嗟智叟，荧屏填海羡灵禽。

黄泉他日朝仙圣，或可褒扬侪辈忱。

今日择婿

天孙择偶甚荒唐，奚倩经年鹊作梁。

玉帝枉然尊紫赭，皇姑那便阻参商。

认流宝马胭脂泪，不嫁单车斧锯郎。

七女槐阴应断杼，凌霄再醮点东床。

嘲灵均

用今世人的价值观，似乎会这样评价屈原：

苏张比汝算聪明，贵胄布衣谁重轻。

不假连横六国印，也分合纵一杯羹。

忤王诟后非厚道，哀郢涉江真矫情。

赴死钓来千载誉，何如在世享康平。

新闺怨

玉食锦衣襄丑郎，黛眉宝马蹙红妆。
楼台瑞脑堪低首，云雨巫山枉断肠。
闭目遐思他是你，拥衾迻梦杏逾墙。
天条若许兼餐宿，夜夜焉能泪眼汪。

行将退休叠前

无挂无牵自在身，粗茶淡饭养天真。
是非群里参盗道，经史丛中分鬼神。
洗炼红尘陶作雅，浮沉沧海写成人。
书妻韵子心藏宝，哪个癫狂笑我贫。

再赋版主谣

清池喜见小荷尖，为待花香漫卷帘。
燕子归梁巢故故，吴娃拨棹藕纤纤。
遗珠择目羞蒙眼，钓誉沽名耻丧廉。
君厌公门多腐败，可能当政不趋炎？

钱

世风因尔废纯真，毋耻淫邪皆笑贫。

五蠹八奸生祸乱，千官百姓丧精神。

为君多少人成鬼，赖汝些须鬼饰人。

呼唤芸芸复般若，驱除魔障入新春。

花甲抒怀步韵柳兄《祝贺寒梅斋主人徐景波六十华诞二首》

（一）

此日方堪进爵翁，逍遥一梦化飞鸿。

濯翎黑水澎湃浪，驻影紫花斓曼丛。

一鉴银光圆月迥，万条金线晚霞红。

双梭织就璇玑锦，叫向青冥沐好风。

（二）

剩有诗乡充故乡，吟余梅柳共擎觞。

韦编断续春秋梦，俗曲送迎朝暮阳。

黄叶飘飘不道苦，红泥眷眷可留香。

古今知己常穿越，抹去千寻鬓上霜。

别诸同门自浦东夜飞海口

银鹰展翅一时分，此际别君尤忆君。

万点星湖红豆帕，双裾山海黛罗裙。

凝眸旧梦归学府，放胆闲情凭韵文。

班马独行惆怅甚，低吟流水映浮云。

门　径

裴回阆苑欲何求，穿越千年瞰九州。

一祖八宗承产业，百师万友辨源流①。

根情实义风骨立，苗语华声肢体修。

大历齐梁羞与伍，盛唐方驾始称讴。

【注】

① 一祖，屈子也。屈子于诗，乃远古至上古之第一人，篇什虽
不甚富，而博大精深，后世学诗者，莫不为其流派。不但如此，
屈子爱国恤民，一生不渝，志不成，毋宁死。前之诗经虽富赡，
然非出自一人之手。故屈子，中华歌诗之鼻祖也。八宗，建
安三曹七子蔡琰视为一人，为一宗；靖节先生超凡脱俗，选
体独领风骚，为一宗；翰林包孕千年，飞扬跋扈，后无来者，
为一宗；工部五七言律诗开宗百代，为一宗；东坡超拔绮靡，
为豪放词，为一宗；幼安拓展横绝，使小词为大器，为一宗；
关汉卿感天动地曲接地气，为一宗；马东篱驭俗能雅，沉着
慰藉，为一宗。是乃诗词曲赋备焉。若夫入其藩篱，不失风
人之质。百师，一祖八宗之外，历代大家，各有千秋，皆有
可师承之处，转益多师是汝师也。万友，历代名家，总有一
得之功，与之神交，皆可友之。

南京公祭

石头城下祭亡魂，鼎铸钟铭证史痕。

窥岛屠刀仍嗜血，维疆飞鸽以称尊。

休为靖国欺心辩，更壮神州维本根。

前事不忘能毖后，有苗戈马可封存。

读唐史

扫尽烽烟成大舆，何期后事运筹虚。

请君入瓮周来索，有子加刑房杜徐。

调露春宫非圣主，贞观秋命讵安居。

堪悲四海升平日，潜向九州纷乱趋。

观抗战胜利七十周年阅兵感怀

银鹰铁马过长安，万国屏前拭目看。

干戚舞当狮醒后，丝绸辟在凤归完。

龙飞赤县梦犹远，雕眄大洋波尚寒。

奇耻不缘家自阋，金瓯那得百年残。

陈行甲不要走

木秀风摧履薄冰，淤泥不染信难能。
莫跻靖节黄花菩，应效灵均黔首兢。
君驻烟霞谁得逞，贼施鹿马盗犹凌。
留襄习李初心复，黎庶殷殷驱虎蝇。

李君自闽归招饮郑李郁同聚有怀

北来鸿雁未逢春，执手凝眸倍觉亲。
弱冠分镳乡下事，垂髫结谊眼前人。
渌醽酩酊情仍旧，白雪飘潇意更新。
四十六年一回首，相期归老卜为邻。

不能遗忘的日子

世乱国危王者生，工农信记此人情。
病夫改写沉沦史，环宇镌刊霹雳名。
何必妄言功与过，只应坦比朽还荣。
神坛拆却凭心问，谁与龙泉可共鸣？

谒129师司令部旧址暨展览馆

獬豸当时下太行，边区四省举刀枪。

山原麻雀嘛鹰隼，纱帐灵狐耗虎狼。

地道地雷拴狄足，天兵天将炸机场。

八年苦斗鲲鹏起，逐鹿雄师铸鼎章。

感恩二首

（一）

耳顺三年仍奋蹄，将孙秉笔走东西。

坐吟谁管催眠月，起舞何须报晓鸡。

衣食住行天与泽，兴观群怨我能跻。

思量老朽犹堪用，家国大河捐小溪。

（二）

俸不医贫无大忧，年由渐老又何求。

衣裳岂是荆妻缀，粱稻诚非犬子耰。

忆欠人间哺乳债，思还世上涌泉酬。

一心双手毋闲置，萤火微光闪未休。

回眸感兴

己巳算来途渐贫，随他弃置做闲人。
舍谋五品摧藏禄，留得廿年潇洒身。
浊世隐沦羞富贵，明时吟咏乐诚真。
晚晴喜见回阳气，太簇旋宫姑洗春。

司徒美堂

乱世寒门可奈何？远洋游子黑帮魔。
仁钦两国四元首，义敬千年大佬哥。
社稷江湖同道盗，绿林丹阙辨驼鼍。
致公谁不加青眼，朱紫扪心及得么？

二十三年

一扫公车万马喑，穷儒从此惮追寻。
通衢官放搜求胆，举世人捐兼济心。
眼里司空黄赌毒，胸中遗缺紫商参。
韶华两代靡英气，肠胃糜疡病已深。

猛　药

猛药施医不务虚，行针大穴化陈淤。

今时宁肯油炸桧，明日休教汤煮鱼。

自割毒瘤真壮士，人欣亮节好芙蕖。

强身有待多滋补，圆梦他年庆有余。

吴门诗社蝴蝶庄生逸卿琼影北顾抵哈国际哥招饮一聚余共龙社李勇丁香王卓平刘晓旭在座交流甚洽席间约定各作七律一首以记之不限韵

韵侣吟朋会小斋，渌醽舍得助倾怀。

秋临塞北初无迹，月照江南未有涯。

论道谁堪承大雅，淘心我可结微侪。

君看欧陆风情好，一百年间成古街。

嘲苦吟

问君六甲授胎无？正字堪怜苦丈夫。

善意真情心底事，华声妙笔手中途。

登台一瞬舒闲也，闭户十年曾历乎？

万卷长行谁负我，夜深检讨岂模糊。

无题七首

（一）

检点诗笺夜已深，昔年情景又萦心。

酒随陈事杯中注，风入残秋梦里侵。

踏月归时花早葬，解醒留处叶微吟。

蓝桥一会知何似，赵瑟含烟对蜀琴。

（二）

笑语频频飞酒窝，明眸漾漾注心河。

卅年蓄就新春雨，一霎翻成子夜歌。

恨我灵犀埋懵懂，怜君彩凤付蹉跎。

芭蕉红豆天涯远，牛女参商逐逝波。

（三）

今生唯此最堪珍，浊酒清茶相与亲。

雪映长街白月好，风吟高岸紫花新。

可怜秋水波中子，曾是春闺梦里人。

多少痴怀言不了，龙涎凤唾饮频频。

（四）

垂髫弱冠两无猜，难避天时风雨来。
境迥年迁迷鹄雁，情蒙魂渺断楼台。
竹枝二十黄钟晚，杨柳壬辰绿树栽。
月色空将街畔影，长留方寸久萦回。

（五）

忆游西域又新疆，一种幽怀两地长。
影集蓝桥羡鸿鹄，诗题红豆系鸳鸯。
曾期牵手峨眉月，又梦簪花玳瑁妆。
环顾承欢何慨叹，天教劳燕囿凄凉。

（六）

狂便疏狂痴便痴，倾肠不啻断肠时。
泪流不敢迎君面，愁掩安能逃我眦。
堪慰心头存眷恋，最伤情际是相思。
难分难聚何其似，树长年轮日月驰。

（七）

夷岑松水月婵娟，屈指北南将五年。
岂照余哀岂照梦，也残奢望也残眠。
入山亡玉徒悲瞀，逢桂折花应惜缘。
牛女今宵桥上会，教人休负采莲船。

五排选二十七首

悼念朱光亚先生

盗火能光亚，献身尤未停。
独篇陈烈胆，众翅逐归萤。
注血凝两弹，凝神飞一星。
言谈堪作表，行止自成铭。
我夏兵将利，他夷爪敢形？
黔元念勋业，台辅吊亡灵。
物万尽其用，贤千毋尔图。
不惭尧舜世，四海必康宁！

步韵太白《送友人寻越中山水》(五首选一)

咏怀太白

清水芙蓉现，高吟旷古才。
焉同鹦巧笑，愿与月裴回。
出蜀怀济世，入京思阁台。
东巡锷中去，西望日边来。
麟郡非真主，肃宗安析杯。
夜郎悲舛命，乘鹿上天台。

图们江水谣

千里图们水，涛声汝语谁？
涓涓辞母泪，汩汩鬻儿悲。
昔我尝扬眷，今侬不展眉。
滔滔逢恶祟，滚滚历凶夔。
激激驱倭鬼，溅溅醒睡狮。
汤汤鸣玦珮，浩浩奏筝篪。
华夏欣欣瑞，红星闪闪麾。
通商人沸沸，入海舸绥绥。
游子莘莘意，贤昆戚戚维。
母邪儿已醉，从此讵罹危！

步韵太白《关山月》咏怀右丞

岂止爱青山，曾驰边塞间。
黄河临大漠，珠勒报萧关。
闻鼓更归路，观莲慰隐湾。
禅心宫阙退，画意辋川还。
为有屈安耻，难能开圣颜。
悲哉麟阁志，谁解赋悠闲。

萧红故居

销雪微流润，甦园细草青。

于斯新缮屋，可是旧嬉庭？

厩马嘶前事，厢灯忆妙龄。

主人何处往？宾客此时宁。

笔下情多活，尘间路尽屙。

过城传俊杰，渡海叹伶仃。

生死真关命？浮沉信有灵？

春秋浸血泪，身世付飘零。

一代惊才女，九州悲陨星。

红楼遗半卷，两界恨难屏。

步和太白《送储邕之武昌》咏怀嘉州

猎猎安西纛，萧萧边塞情。

轮台弦奏凯，凤阙管归城。

步月筇中赏，含愁马上倾。

千年留气韵，万里羡歌行。

翻复宣城逸，尝扬水部清。

风流追李杜，谁可共和声。

步韵太白《中丞宋公以吴兵三千赴河南军次寻阳脱余之囚参谋幕府因赠之》咏怀放翁

孽龙囚女直，泥马足偏隅。
将勇期收土，相奸难见珠。
刀弓封北塞，歌舞满南都。
士壮思兴汉，君昏甘屈胡。
诗心空飒飒，剑胆枉区区。
贮甲怀雕檄，瞻河梦虎符。
匈奴沙里灭，狼主阵前诛。
僵卧孤村夜，忍悲看地图。

步韵太白《秋夜独坐怀故山》咏怀稼轩

挑灯怀未了，看剑气难平。
阙下陈孤愤，楼头望汴京。
十论如履弃，九议有车行？
戈马泪空堕，莼鲈思不成。
堪悲大功废，枉叹小词名。
眸对三千嶂，心期百万兵。
鹅湖同斩马，麟阁独归耕。
耿耿诸贤逐，莘莘一派荣。
山河凝眷恋，家国镂奇情。
炳焕琴樽客，春秋照眼明。

母忌日谒先考妣陵

见背十年久，椿萱梦不稀。
论贤教孔老，晓理析周非。
宵衲千层底，朝缝四季衣。
霜欺临鉴影，露浥赶程扉。
春雨淋碑暗，纸钱焚气微。
乌私一酬迥，羊孝再行违。
父训惟任事，母忧应惜机。
黄泉相会日，簇簇献芳菲。

纪念萧红诞辰一百周年兼贺萧乡诗社成立二十周年

春水流心曲，飞鸿寄贺函。
遥将紫白送，漫入粉红缄。
萧没风仍劲，青滋雅愈咸。
呼兰呈锦瑟，摇柳遍罗衫。
典庆厥初忆，贤怀耆旧搀。
百年留伟大，一代不平凡。
浩浩河通海，欣欣柏伴杉。
花开岸边圃，旗插岭头岩。
雁阵关东接，鹿鸣江北衔。
新苗期破土，巨舸待扬帆。
岱岳登绝顶，游人谁畏巉？

老松滨得杏字

牵襟赏素兰，举手猜青杏。
不负渌盈觞，更怜歌赛郢。
痴存三尺心，欣伴一江景。
漫步晚风轻，清谈霄汉炳。
七星牛泛槎，半轮蟾弄影。
松花流水弯，柳树垂丝永。
耐可遣幽怀，与君长记省。

红叶节与红叶诗社诸前辈赴横头山红叶谷采风九韵

西陆云天碧，南山霜叶红。
旗招横岭下，客聚彩霞中。
落木飘斜径，飞鸿逝远空。
桦林罗少女，枫杪醉顽童。
留影银屏丽，寻踪铁骑雄。
会宁金故府，肃慎土埋宫。
陵谷千年异，荣枯四季同。
杜康情有待，陆羽意无穷。
重九约来日，相牵沐好风。

唐　栋

智也回天隼，哀哉守墓人。
痴迷维九域，诚笃信三民。
卵累连环妙，凰求孤诣淳。
筹深施奉命，刀浅忍违仁。
宝钺番番纵，鲜花朵朵新。
江山将易主，情志不逢春。
梁祝缘相弃，夷齐路已泯。
一枪箭楼上，立地便成真。

赋得柳

阡陌寻常见，垂条处处低。
翠帘藏紫燕，绿雾隐黄鹂。
送别拂长路，期归覆大堤。
章台非所愿，隋苑不堪题。
攀折微躯苦，飘零薄命凄。
无情人枉论，有思自难齐。
生死三才赐，荣枯四运缔。
东风如可待，吹到玉关西。

清明晓寻春

分《探芳信》撞得犀

青阳幻晨霭，玄武变灵犀。
柿比接天耸，条垂拂面低。
微风循雪印，响水绕花泥。
纸灭灰犹在，摊排货已齐。
罗裙时不耐，貂氅箧堪栖。
袅袅施红粉，盈盈漾紫霓。
垂肩池畔树，引颈竹中鹂。
草碧思凭槛，鱼闲忆过溪。
东君跋涉杳，北国路途迷。
朱翠拳拳盼，辕间莫惜骊。

江边散步遇雷雨

云密江天黯，泉飞犹骋怀。
白絮初辞柳，黄花正绽槐。
声传疑郑汴，影动忆秦淮。
疾电忽惊眼，闷雷俄裂霾。
销红风剪萼，润土雨摧骸。
舞队流云散，歌台落日乖。
此间失安逸，何处倚朋侪。
涉水他随浸，沾泥我不揩。
徜徉千步惬，惆怅一呼排。
洗尽铅华日，忧心或可埋。

仲春重逢楚家冲

　　家冲仲春来冰城，时耐寂轩主亦在呼兰。梅翁做东，诸友一聚，大醉，当时诸友皆有作，不才竟无诗。昨家冲、耐师来电话敦促，忝为诸友续貂。

博网萍漂久，风骚虚拟交。
我非航海客，君已占前茅。
步韵分营垒，梦冰同筑巢。
中南争列队，东北竞含苞。
奥运音耗至，弋阳魂魄抛。
双飞离泽表，三匝绕林梢。
齐鲁曾开境，昆仑新试蛟。
式微方不治，疴重草难刨。
余亦能高咏，孰堪沦浊淆？
丁香寻寄寓，甲宅觅推敲。
初会长沙驿，重逢松水饶。
纷来聚宾从，沓至对醪肴。
酒酽吾酣睡，书频人解庖。
乏才惭惴惴，枵腹愧嗷嗷。
席散三旬幸，债延双月嘲。
日前羽檄促，宵里键盘呶。
清却风骚帐，熬干脑细胞。
可怜东道主，空负北边佼。
发帖聊敷衍，失粘排句唠。
添加成廿韵，还请耐师教。

血战台儿庄

淞沪成焦土，金陵遍染绯。
那堪臆间脏，尽作俎前肥。
津浦中原脉，苏淮五省帏。
兵期生死战，虏逞戮屠威。
守县英灵在，凭河死旅归。
板垣装甲堕，矶谷傲声霏。
救国无他是，驱胡舍此非。
长城终不倒，血肉筑光辉。

中国梦

大同千载梦，盛世万民怀。
边塞耻辞死，庙堂羞敛财。
物穷三昧用，贤进九衢开。
萁豆相濡沫，石蒲奚可猜。
寒门多折桂，贵胄鲜生灾。
吾老及他老，侬哀牵汝哀。
巴人疏芋讼，汉女寡橦胎。
厦广栖黎庶，方良起褐莱。
明君邦国幸，嘉树陌阡栽。
干戚当庭舞，有苗何敢来。

永源分韵得曾字

忧国情何已，归田梦几曾。

难堪流物欲，不齿媚人凭。

廷议鹿为马，空言鲲化鹏。

坎离频折气，岁月尽消棱。

借得景纯笔，来填明远膺。

相携二三子，聊对玉壶冰。

天天鱼村喜获《三花一剑集》

仰慕芳邻久，三花一剑名。

关东流馥郁，塞北漫琮铮。

跳跃白山虎，遨游黄海鲸。

登楼喜嘉会，展卷爱新声。

肝胆行间独，风骚笔下精。

吾侪操粗铗，或可伴嘤鸣？

海格洛庄园主古今中外第一大隐
查尔斯王子

中外古今史，何堪第二人？

女王原是母，儿子必为君。

日出庄园步，花开畜鸟亲。

饭牛非待贾，放鹤不招云。

富贵因血统，清闲由自身。

千千曾世胄，查尔共谁群？

分淮海满庭芳撞得尊字贺论坛十年大庆

十年一回首，万里共擎尊。

太簇苍龙醒，夹钟朱雀喧。

江南蕴桃李，塞上起朝暾。

融却昆仑雪，盈将河汉源。

竹枝赠宾客，芳草待王孙。

游邑莺穿柳，荣都春满园。

芽枯劫仍在，魂邈死犹存。

淮海应羞涩，东山愧浩繁。

千秋痴子嗣，百尺蔓须根。

拄杖遥相望，东风入我门。

儿子游俄归来

子夜钟声响，长街灯影遥。
游人罗姹国，归路彩虹桥。
雪漫关山暗，风驰云雾饶。
西东两万里，南北九重霄。
彼得楼台美，尔来魂梦摇。
遐思犹未已，门启入弓腰。

见通榆风力发电繁荣感怀

风汝何时有，拈来尽是诗。
扶摇入霄汉，拂煦弄筝簏。
卷地扬飞雪，推窗擎满卮。
高歌思猛士，浅唱叹穷时。
赤壁三分鼎，夷陵一救齐[①]。
天耶造神物，信矣助人智[②]。
巨臂旋荒野，强能输电池。
翩联几百里，迤逦数千支。
食货从兹富，生民自尔辎。
昔曾戈壁转，今又草原驰。
沈括应惊诧，梦溪重写迟。

【注】
① 齐，音 ci 平声。
② 智，平声，音 zhi，通"知"。

悦活里别业二十韵

闹市喧嚣久，余年梦寐真。

不堪人海没，每欲鹤梅亲。

别业悦活里，读书怡朽身。

乔迁外孙近，迤逦杂花新。

烧烤一瓶酒，纷繁满院春。

凭窗灯似汉，信步草如茵。

万卷聊沾富，群楼讵谓贫。

出门临大路，入室访前人。

饥食菽精髓，眠欹藤簟裀。

按摩登电椅，陶醉语诗神。

乐矣帘枇启，悠哉稚子嗔。

捏筋①问姥姥，上榻抱申申②。

倒曳囊倾尽，平推车覆频。

恹恹招手去，媚媚送波纯：

"后日看当值③，西楼④可做宾。

荧屏多戏剧，案板有鲈纯。"

李杜又可聚，隋唐重作邻。

宫词集间阅，乐府纸中巡。

北曲论坛赛，南洋舰艇屯。

钟声子夜响，月色紫冥泯。

【注】

① 外孙每索瓜子，山妻则云："上床捏筋"；久之，外孙不言瓜子，只道捏筋。

② 申申，玩具猴名。

③ 两亲家轮流看孩子，周一下午到周四上午归我当值。

④ 女儿家在余别业西一里地，凭窗可相望。

豫黑吉三省诗友聚会农安

玉露滋花海，金风拂酒觞。

朋期谋面久，友会比肩狂。

共爱秋初爽，同欣主孟尝。

浮云演华发，流水逞文章。

景壮黄龙府，情牵紫塞疆。

菩提思木茂，般若问金刚。

汗血鸣胡马，睡莲亲藕塘。

影留辽塔畔，诗作彩屏旁。

牵手花缠路，擎樽月照堂。

襟开骚雅健，笔骋性灵长。

忆啸关东角，思催塞北商。

李波骑飒踏，庾信赋苍凉。

史证鲜卑勇，歌传敕勒强。

白山寻杳邈，黑水激沧浪。

靺鞨原归禹，夫余莫匪王。

炎黄同血脉，满汉汇江洋。

龙种夔鼍泳，凤雏鸾鹭翔。

旗飞成雁阵，鼓震竞鹰扬。

卅载吟鞭指，千年辞祚煌。

声蜚净心胆，气振励肝肠。

君向遥天眄，漫天星斗光。

五绝选三十九首

夜饮步和宝海《又题王子江来访》

一波遇江海，拍岸几重音？
三子曷停饮，虚杯待智深①。

【注】

① 不才名徐景波，昨与王子江、赵宝海夜饮，故有首句。赵宝海、
王子江、张智深日前同获第三届华夏诗词奖，故有第三句。
是日张智深身体不适，未能赴饮，留空杯念之，故有第四句。

饮金钱草欲化胆肾结石

常饮金钱草，五行趋顺流。
腹中四块玉，播洒小梁州。

怀屈子

天问谁堪解，离骚几挂怀。
涉江空堕泪，橘颂久淹埋。

任处长二十年不迁自嘲

七品乌纱破，青衫二十年。
黄泉逢杜甫，耐可病相怜。

抹　布

用之不常洗，随处可传脏。
疫病浸淫后，谁人论祸殃。

西柏坡 （七首选二）

（其六）

二十八年后，红船成紫光。
生民虽弱水，载覆亦堪当。

（其七）

节度与刺史，柏坡曾到无？
金陵春梦破，六代后庭殊？

雪乡行 （十七首选六）

（其五）

长空碧如染，四望净无云。
屋顶奶油溢，炊烟写篆文。

（其九）

明月映积雪，冷光铺小桥。
阑珊人影没，伫望不吹箫。

（其十一）

北风吹木屋，圣诞动餐刀。
洵爱奶油厚，来分大蛋糕。

（其十三）

踏雪寻林壑，当年梦不宁。
红旗飘摆处，一队老知青。

（其十四）

千里哈东地，珠河连亘陵。
三军殊死战，大纛血难凝。

（十五）

刀锋流虏血，水畔饮征骖。
锐志驱倭寇，断头心未甘。

答杏花疏影临帖拙作《胡笳十八拍》

胡笳十八拍，一字一回肠。
肠断千千节，泪流应滥觞。

外孙出世

落草随霜降，大声宣世啼。
一千二百月，听尔伴雄鸡。

码　头

码头杜家地①，因此讳言笙。
谁是吹箫者，掼海喂群鲸。

【注】
① 杜家地，隐括杜月笙。菊斋浑似旧上海滩，黑帮横行。

刘元红牡丹画展 (九首选三)

(其二)

春梦毫端涌，诗心蕊外声。
谁言亲国色，气脉尚能平。

(其三)

黛叶生涯染，红英血气滋。
遥闻香沁骨，应是断肠诗。

(其八)

越女临国色，倾城名未虚。
赏花人去后，不敢论沉鱼。

教师节临屏遥问周艾若老师快乐

千岁何其短，缤纷桃李花。
秋风一万里，吹梦入京华。

教师节与周蒙老师通电话

周梦老师也属马，虚岁今年八十六岁了。节日给他老打个电话问候，听筒传来嗓音依然洪亮，底气十足。

右派谁人老？登坛仍是龙。
耳机移尺外，不敢近洪钟。

送李君之闽

征雁今南去，春来信可还。
秋风吹好梦，也到武夷山。

长白揽胜 (四首选一)

绿渊潭仲冬见溪中绿草。

雪岭寒侵骨，溪中草自青。
流泉春不改，送绿过山亭。

过沐雨山庄 (二十首选六)

(其二)

萧墙围野墅，鸡犬唱和声。
羊圈窥跪乳，谁知斯处情。

(其三)

一亩千斤黍，惊闻忆旧年。
应怜缨蓼后，硕鼠尚窥田。

(其五)

红果枝头小，经霜分外甜。
隐居何处是，风水不须占。

(其九)

大隐辋川集，轻歌绕紫藤。
青衫窥绂绶，何似玉壶冰。

(其十)

里正藏罢宿，才堪居翰林。
灵芝隐藜藋，不改向时心。

（其十二）

弃置随时运，流年壮此身。
丹青依旧好，不负眼前人。

雪

朔风扬大雪，肃杀万方泯。
料得青阳日，融为一片春。

群　聊

子夜吴歌媚，清晨黄鸟眠。
斯文与潇洒，本在一重天。

上元前夕寄恩师并诸同门

六九阳春媚，良宵今又之。
多情上元月，为我寄相思。

黑大中文七七级同门群上元红包雨有记

一阵红包雨，洗清儒者矜。
高天寒不乐，偷得世人情。

双星之情人节

遥瞻织女星，此夜未能宁。
一苇航河汉，牛郎渡紫冥。

临屏题幽兰夜放图

静夜葳蕤展，幽香爱晓寒。
问君何寂寂？不许俗人看。

赠北海东篱诸同门

万里南天隔，友于如旧时。
呼兰有红豆，耐可寄相思。

见萱草

萱草生瘠土，见之心惨然。
趋庭兼反哺，唯有到黄泉。

贺李君加封榕城牧①

仲夏圆嘉梦，榕城做外婆。
加封为太守，从此政声多。

【注】

① 牧，汉代州太守，俸禄二千石，仪仗五马。相当于现在的福
州市长。双关，谓从此将放牧若干年了。

禅梦 (三首选一)

(其三)

梦也原非梦，醒何便是醒。
似真还似假，无忌在童龄。

七绝选七十七首

读诗偶得

九分堪弃一分存，不失风骚慰梦魂。
翻遍唐诗五万首，几何心下可留痕？

白　傅

元九在驿站无端被宦官毒打，乐天因为帮元九说了句公道话，就被贬为江州司马，宦官专权到何种程度？白傅之苦，不但在个人，更在天下之心，无法说出。嗣后，武元衡、裴度两正副相，在上朝路上，一被杀头，一受重伤，皆因藩镇与大内勾结所致。中唐一片昏暗。

蔽日浮云难见花，江州司马说琵琶。
宦官藩镇鳅腾浪，社稷飘摇殃万家。

读戴旭演讲

旌旗半卷酒旗招，鼙鼓渔阳声不遥。
东岸鲨鹰磨利齿，国人梭铳莫炉销。

再咏丁香

牡丹独秀一枝春，国色原来俦侣贫。
何若丁香千百结，团馨聚紫也宜人。

刘随州步韵风雪夜归人《戏题自家网名》

刘郎才气久蒙尘，谁道长城一色身？
李杜争辉星不显，独留风雪夜归人。

屏中望驮道岭云海 (四绝选一)

(其四)

酒海纷醒此处山，霜枫迎客对酡颜。
坡前有带堪为系，结在东篱莫使还。

苍 蝇

飞离茅厕绕瓜棚，又入蜂房喜不胜。
纵使周身沾满蜜，苍蝇依旧是苍蝇。

白渔泡采风 (五首选一)

云影天光画不成，碧莲红蓼小船轻。
杜康化作歌千首，湿地长留此日情。

答鲜婴

中天好月又重温，半挂楼台半入云。
鸿雁北来千里外，莫愁湖畔梦逢君。

国庆前夕

是夜晶晶住校，姗姗培训新生，余在医院护理岳丈，内子居家。

九月金风侵北窗，遥看新月映寒江。
一家四口同城市，形影相依各是双。

为入学五十年同学会而作三首 (选一)

(其三)

屈指流年苦太多，夕阳红叶莫蹉跎。
老来不厌青梅伴，水畔槐阴同筑窠。

短信答鲜婴

卅年流水几重逢，生计蓬飞西复东。
欧陆庄园非旧作，夕阳送暖慰秋风。

延寿分韵得天秋叠韵 （四首选一）

（其二）

彩绘群山霞满天，霜林石径惹人怜。
此生休说知音少，蚂蚁河边又结缘。

赠景涛梦琪

濡沫十年琴瑟新，相怜最是眼前人。
霜枫莫负秋光好，月影花魂胜似春。

黑龙江森林植物园赏郁金香

冰雪余威悚未忘，东君旗鼓晚来狂。
紫白红黄争妩媚，满园开遍郁金香。

山　溪

重泉树杪汇成溪，百转千回路不迷。
莫道涓涓威力小，洪波涌处溃长堤。

无题二十一首 (选九)

(其一)

红笺小字每回翻，空忆当时滴泪园。
丝子丁香成眷顾，可怜旧事不堪宣。

(其五)

水流花落喟残枝，醉倚西楼月上迟。
银箭金壶更漏促，问春春去两无知。

(其八)

翠叶琼葩映水文，赧颜遥指楚山云：
武陵溪在花深处，波碧舟轻可遂君？

(其十)

山含云雾水含情，山水遥闻莺语声。
踏遍九州寻杵臼，蓝桥饮罢已三更。

(其十二)

兰影莺声常忆真，花开月上每撩人。
折枝但恨残阳下，绿退红消几度春。

（其十四）

色退绒疏不肯丢，只缘衣上藿香留。
昔年琥珀光犹在，梦里眸前晃未休。

（其十七）

暮雨朝云电外来，菩提莲叶梦中开。
此身前世知谁是，维纳斯投希腊胎。

（其十九）

溪水潺湲碧草青，临皋徙倚未能宁。
望穿三月菩提水，惆怅长亭更短亭。

（其二一）

短信飞传相见欢，临江卜算夜难眠。
东方滴露谁言少，一梦阳台胜万千。

戏为绝句

　　两年来作品很少，非无可写，是不敢写。其间思考，诗者，感情之精华、思想之精华、语言之精华也，不佞何来许多精华？诗贵佳而不贵多。设使白傅长庆香山，删减七成，定不逊李杜。未删，虽篇什富甲三唐，品质则不能不逊李杜矣。回想本人以往信口作诗填词，人谓捷才亦暗喜，其实可笑。戏为绝句自勉，愿同好共勉之。

　　摩登时代续新篇，倚马占号韵语连。
　　泉涌风骚牛淌汗，倾销水货几文钱？

枕上绣花吟

　　牙床锦帐惹人看，彩缎金针绣牡丹。
　　满腹麦皮燃尽日，阿侬哪有子孙繁？

临屏哭翟兄致国

　　当代优秀诗词活动家、教育家、著名实力派诗人翟致国先生千古！

　　一柱英才笔墨雄，风骚桃李满关东。
　　从今更有谁琢璞？兰水松江垂泪同。

孔明哭关羽

云长血染麦城风，潜伏渡江夸吕蒙。
远望柴桑悲鲁肃，江东非复旧江东。

忆　旧

走马兰台十四春，无干牛李幕中宾。
青衫五斗毋惭俸，狴犴回眸多几人。

无题九首 (选二)

（其四）

秋水流波心事知，紫霞飞过现瑶池。
恨无青鸟传琴瑟，红豆芭蕉隔所思。

（其九）

梦里逢君又一宵，醒来依旧海天遥。
何期神女襄王会，不及双星有鹊桥。

外孙在中央大街徜徉中熟睡

来去摇篮一首歌，喧阗古巷任由他。
车中我自成新梦，三顾条支海上波。

三道关清心泉

流玉飞琼调素琴，黄花翠竹可知音。
清泉借得三瓯水，濯汗祛尘洗净心。

题苏州浮尘摄残荷照

残叶消凝水影幽。苦心莲子死难休。
相思已付深深藕，翠盖朱颜梦里留。

题苏州浮尘所摄红叶

欲向涟漪倩再流，伊人应在水东头。
群山秋色堪为证，好梦千年不肯休。

六　朝

十二豪门水太深，九州寒士枉暗沉。
永嘉乱接梁陈朽，无那鲜卑骁骑临。

题邓大姐《海棠花祭》

海棠花事总相牵，君去泉台十二年。
棠叶未全花未好，几多萦挂在天边。

嫦娥之情人节

人世元宵飘桂香[1]，遥瞻夜火忍思量。
月宫孤寂寒蟾冷，梦逛花灯伴阮郎。

【注】
① 元宵是桂花馅儿的。

网络 (三首选一)

一往情深整十年，美人相伴不知眠。
支离憔悴花前问，明月随君路几千？

正月十六子夜凭窗赏月

醉眼窗前看夜空，月轮灯火两朦胧。
清辉照影三人邈，谁与诗仙叙曲衷。

外　孙

骋马飙车引颈歌，棒糖坚果敬阿婆。
佩琪乔治勾魂魄，羡尔童心我再么？

人妖 (三首选一)

(其三)

违道欺天不忍闻，我生曾誓拒逢君。
花开蝶舞休撩尔，三季裸虫无雨云。

题田芳上传仙人掌照

大漠荒丘岁月深，饱含苦水未消沉。
娇妍一旦滋芒刺，谁解贫寒报效心。

二度梅

喜见梅花二度开，登科公子报春来。
当时若使孙山外，轶事终篇不可猜。

邯郸送别

客中送客柳垂丝，含蕾梨花有所思。
他日重逢在何处，白云芳树或应知。

也题残局图 （八首选一）

倭兵剽悍近离宫，大国群雄戒备松。
我有忠臣甘赴死，原来蚯蚓不降龙。

听琴箫和鸣

一曲琴箫醉古音，瞑眸静思荡尘心。
松间明月如能待，般若菩提不必寻。

题外孙照

自得幽情梦系沙，心无萌草复萌花。
童年春早真堪羡，半亩空庭即是家。

题外孙赏桃花照

正忆城南昔日香，前生准拟是崔郎。
春来塞北知何晚，人面当时未渺茫。

题梅苑幽香（五首选一）

（其四）

媒借梅缘凝暗香，花开春半日初长。
连翩疏影婆娑里，不矫孤芳爱众芳。

寻重瓣丁香不遇偶见三瓣丁香

奇花踏遍马端街，瘦损梅翁皂底鞋。
三瓣忽焉冲老眼，镜头驱赶跨瑶阶。

题八十年代美女演员今昔对比照（五首选一）

（其五）

淘尽黄河万里沙，兰槎牛女在天涯。
几多精彩和无奈，流水浮云镜里花。

题外孙赏丁香照

攀枝嗅气抚丁香，风里回眸闻语详。
影弄婆娑君似识，三生石上旧陈郎。

黄槐花落

隐秘深情直到今，季春枝缀满园金。
东风抚弄黄花雨，似解香尘润土心。

榆 钱

缭乱春心蛊惑风，此钱应与彼钱同。
充盈囊箧空魂魄，堪笑尔曹依旧穷。

柳 絮

胃襟挂袖惹闲情，似雪招邀怜爱声。
谁解渠侬无意物，章台切莫问精诚。

黄槐花

一种情怀百样娇，江干雨巷未招摇。
垂英重瓣羞将媚，谁信东君魂不销。

新湖明珠庭院里见马兰花开

寂寞紫花春未残，慵舒翠袖倚阑干。
休嫌路畔芳菲淡，知否侬家也是兰。

再题蔷薇

翠掩红藏大路边，楼台远间杜人怜。
低眉心事何须问，羞与群芳俏比肩。

题程师兄颖刚夕照图

落霞夕照半江红，缱绻儿时抚面风。
楼影巍峨代帆影，栏杆闲倚思无穷。

题北海东篱 (三首选一)

(其三)

分镳袍泽几多年，陵谷水云人世迁。
老来每念黉门事，欲续今生不了缘。

黑大中文七七级同学老照片 (五首选一)

(其五)

回首浮沉四十年，桑榆幸见转晴天。
轻扪旧照吾无恨，紫阁知青正掌权。

魔方 （三十首选十）

（其一）

混沌鸿蒙杂沓中，四方天地道何穷。
缤纷总胜单纯态，信有玄机治乱通。

（其五）

青龙白虎运勾陈，转斗横参飞月轮。
野老不知尧舜力①，渔樵谈笑几千春。

【注】
① 第三句全用古人句。

（其九）

天地无情亦有情，人心应自道心生。
三星伴月知何日，听唱阳关第四声。

（其十）

难能一种抱初心，律吕生生定好音。
流水高山谁识得，钟期死后不操琴。

（其十四）

红尘纷乱怨声多，天道谙娴可伏魔。
世界三千稊米尔，一元不悟枉蹉跎。

（其十七）

勾陈四度转乾坤，杜景惊伤列八门。
开休生死观奇阵，遁甲谋高入小村。

（其十九）

乾天未济一周遭，自转公行运尔曹。
算尽机关定终始，东山枰上显英豪。

（其二十二）

未谙天道莫忧关，大治埋藏大乱间。
聒噪应缘失般若，不登绝顶讵知山。

（其二十六）

不知谋道枉谋身，道自微茫即可亲。
庸碌怨尤何所为，三季心灵亡却春。

（其三十）

小小魔方藏大千，一隅耐可铸心贤。
今古中西唯有道，能令愚钝上飞船。

农安题照（五首选一）

戏题紫衣格格与长铗归客合影①

辽塔羞尊千载珍，红霞翠柳几多春？
农安史志填遗缺，一对唐朝大美人。

【注】
① 紫衣格格邵红霞，长铗归客名柳成栋

咏物（五首选二）

海 参

浑身软刺没汪洋，席上豪奢死后光。
除却腔中排泄物，难寻腹内好文章。

人 参

峦嶂千年甘隐沦，少微星伴得天真。
伊家不是思凡世，为有帏中欲活人。

题韩文莲葫芦架下照

藤影筛秋洒石廊，葫芦架下好乘凉。
金风眷恋农家景，不忍青青便早黄。

琴趣选一百二十九首

忆江南 (林钟宫) · 丁香诗社人事调整 (七首选二)

(其一) 刘国际

春乍显，风雨八年来。都见紫云繁似锦，谁知红烛化成灰。幕后隐英才。

(其四) 张景峰

春未晚，梅柳尚多情。一片彤云归夕照，三生素愿入新晴。水上月华升。

渔父 (黄钟宫) · 无题

久慕王孙草翠微，春来红紫不相违。风雅债，柳花飞。天涯游子几时归。

天仙子 (林钟商) · 老松滨得杏字酬杏花疏影

屏上红英园内影，相逢大汉诗心耿。三花一剑久闻名，前生幸，宿怀骋，此日相亲篱畔杏。

调笑令 (夷则商) · 代柳兄调笑两体选一

心往，心往，平安夜中不爽。当年雪月依然，海角天涯未眠。眠未，眠未？只恐伊人偷泪！

生查子 (夹钟商) · 平安夜

记曾牵手行，恰是平安夜，雪映酒颜酡，月照春心冶。　　数年难忘怀，又是平安夜。海角那时人，雪月迢遥也！

浣溪沙 · 雪中踏查图斑现场

柳絮随风舞未栖，崇楼凸起障云霓。城南循迹认桃溪。　　人眼不开天眼见，宅心常被欲心迷。茫茫一片剩何其。

浣溪沙 (黄钟宫) · 庆祝丁香诗社一周年诞辰

紫白牵情土一方，秋霜冬雪复春阳。枝头又见结丁香。　　四海蒸腾龙蜃雨，千山移植竹梅芳。烟霞何日过重洋。

浣溪沙·女贞子

久闻女贞子传说，南行初见女贞子树，归来追记赋之。

绿蜡银珠玉露垂，风侵雨洗果累累。相思故事邈难追。　　留得微躯炮暖瞧，能将弱肾补葳蕤。难堪香影化成灰。

浣溪沙·丁香

鸿滨、李君、建华北归，梅翁邀几位同窗小聚红楼。余路远先到，时尚早，独自徜徉松花江畔，见丁香乍放，甚惹人怜。手机摄下，配词以记。

摇荡东风寂寞开，江干立夏鲜人来。幽香逝水影徘徊。　　簇簇紫云斜照赏，欣欣绿意故人怀。闲心任我步瑶台。

浣溪沙·小聚

懵懂光阴不见花，蹉跎半世琐如麻。夕阳回首太堪嗟。　　此日重逢霜入鬓，来时相伴海乘槎。教人争忍惜韶华。

浣溪沙·与卢兄森林小饮叙旧

柳絮飘飞撩故人，相逢闲话酒旗新。黄槐花落惜残春。　　脱去青衫年尚好，携来绿绮趣尤真。烟霞常伴鹤梅亲。

菩萨蛮（夹钟宫）·无题回文

月眉弯照梨花雪，雪花梨照弯眉月。春杳去年人，人年去杳春。　　水流蟾落泪，泪落蟾流水。何必叹青萝？萝青叹必何！

卜算子（黄钟羽）·论加精

不问种花人，但品枝头俏。苗壮根深果子鲜，谁不心儿好。　　山水斧舟情，边塞兵丁老。望月流黄感念春，尽是诗中宝①。

【注】
① 诗者，心声也，根情、苗言、华声、实义。好，喜好，去声。

采桑子 (无射羽) ·理发

人言君子皆轻发，今日方知。重载差池，剪短新生烦恼丝。　拂衣掸去萧搔屑，忘付酬资。反转来时，惹笑刀工老态痴。

减兰 (夷则羽) ·广玉兰

圆冠厚叶，碧玉妆成仙子烨。红果琼花，照影蟾宫凌紫霞。　藏香馥郁，虫蠹风侵终不屈。临路婆娑，游子徘徊逸兴多。

巫山一段云 (夹钟商) ·三道关一线天

石径攀登苦，丝衣沾染香。三关雨后又骄阳。翠藓映红妆。　救母当年力，摹崖此即惶。抬头一线紫冥光。铁索胃回肠。

点绛唇 (夷则宫) ·用漱玉韵戏赠国际哥

冒雨归来，朦胧如握红酥手。影长形瘦，泪浥鲛绡透。　玉露未干，脚下青泥溜。慌忙走，那人翘首，似恁樱桃嗅。

武陵春 (夹钟商) · 游黄龙洞

寻访黄龙岩洞阔，携手上机船。石笋成林钟倒悬，太息漫登攀。　　靖节桃源人道是，遗老杳如烟。白鹿青崖处处山，有几个、得仙缘。

阮郎归 (夷则羽) · 临屏同题步和郑兄《吉林三诗友路过哈尔滨有聚》

汨罗清气泛端阳，菖蒲糯米芳。相期山水种榆桑，梅心缠鹤乡　　荆楚远，海天长，雄黄酹一觞。千年骚雅慕余香，黄钟翻乐章。

西江月 (仲吕宫) · 奸臣与悍妇

蓄甲专权结党，撒村上吊离婚。奸臣悍妇本同伦，乱了君夫方寸。　　可以流之岭表，真堪逐出柴门。从今家国靖无尘，朝野回归安顿。

西江月 · 观李小菊彩唱《楚宫恨》

重演千年故事，靓装一唱青衣。此身便是马昭仪。魂魄浑忘姓李。　　高艺描摹张氏，圆腔宛若恩师。舞台世界两因依。票友元非做戏。

西江月·丹阳招饮大醉而归

陈醴三斤倾尽，七雄四美颜酡。有人频问再喝么？白雪阳阿堪卧。　　赏月相期魂梦，醒来各望银河。良辰佳会不嫌多。忘却烟霞青琐。

南歌子 (夷则宫) ·杏花

海雾鞯春踵，山风蹙水攀。边城小巷鲜来人，红粉黛青慵整倩谁亲。　　放也终须放，芬还似旧芬。出墙一束梦应频。只是苍苔屐齿已无闻。

醉花阴 (无射宫) ·得夜字咏丁香

东风悄入松江夜，春水冰排泻。坝上觅丁香，细叶抽芽，轻拂丛边榭。　　夭桃媚杏争妖冶，三日纷纷谢。百结聚枝头，缕缕烟霞，弥漫青郊野。

浪淘沙 (林钟商) ·玉兰

蓓蕾怯红兰，风雨蹒跚。梨娇杏媚惹谁怜。一夜劲风英落处，春已阑珊。　　花绽几时妍，怅倚栏杆。弯弯小月向团圞。可惜团圞三五后，又瘦如弦。

鹧鸪天（仲吕羽）·漫兴

浊酒清茶谁共倾？好风良夜对佳朋。愿舒心底眉间皱，慵计生前身后名。　诗遣闷，月娱情，长谈不觉到三更。笑吾来日还多少？多少依然者样行。

鹧鸪天·相逢（步韵邓兄）

萍水葭莩别样情，角星河畔迓奎星。三生有约非关石，一网联姻不倩冰。　诗结谊，酒牵盟，于今耳顺厌功名。天山雪化泠泠曲，流到松江浦上听。

鹧鸪天·送别（叠步韵邓兄）

班马萧萧此际情，漫天迷雾掩晨星。送君遍折三秋柳，剩我空擎一斛冰。　何必约，不须盟，谁管生前身后名。琴箫借得关山月，传与钟期子夜听。

鹧鸪天·银滩雾夜

海雾微凉笼小城，润衣花气惹怜轻。灯影朦胧摇夜汐，车音杳渺隐宵程。　人有思，水无情，春霄不许月华升。枝头蓓蕾应凝泪，滴到晨熹可放晴。

月照梨花（南吕宫）·本意

天杳，蟾小，雾笼银照。穷巷瑶枝。玉颜匀了。风雨偃蹇春时，待君君可知。　团圞有似花怜晚，期恨短，此会何难盼。路遥情重，程计屈指东风，霭偏浓。

南乡子（夹钟宫）·邯郸又见苏州浮尘

枫叶识京华，魏县梨园不遇花。题照残荷非为谶，堪嗟。难补周天倩女娲。　姑孰古豪奢。山寺闻钟千古嘉。银箭金壶更漏了，无涯。何日登临吊馆娃。

鹊桥仙 (林钟商)·七夕

　　流光飞逝，灵禽悄聚，又到河梁佳会。期年执手辨霜侵，早已是、露盈秋水。　　柔肠难尽，痴心未了，争脱旧时滋味。垂眸尘世故茅庐，有几个、不因情累。

醉落魄 (夷则商)·初识虚望远得是字

　　西宾又是，楼头酌酒先拈字。孤云虚望无由致。灯下相逢，握手今朝识。　　神交早已知兰芷。马铃摇到街边肆。东风正欲丁香紫。席上琼浆，好把葳蕤植。

踏莎行 (夹钟宫)·同赴梨花诗会与冬人兄

　　铁马联镳，梨花寻梦。丛台新柳柔丝弄。东君醉卧不归来，铜雀春藏空自咏。　　牛女天遥，星河路拱。坐观劳燕营巢共。三杯解释慕鱼心，棠棣相亲山样重。

小重山 （夹钟商）·龙福成小聚得春字

红杏妖娆桃九分，丁香羞涩涩，最关人。东风初到柳芽新。莫嫌晚，立夏始知春。　　落照衬祥云。酒旗飘摆处，玉泉醇。生灵谁不惜良辰。二三子，犹有一腔真。

小重山·酬雪语

绿岛黄昏雷雨倾，微醺邀远客，柳青青。菜花小杜佐余醒。问三五，双调易新声。　　兰水泛飘萍。萧乡风雅聚，会佳朋。潇潇天水更娱情。醉复醉，蹀躞觅孤灯。

临江仙 （夷则羽）·图们江放歌

风雨难销往事，碑铭不没伤痕。兴衰最是感边民。江山思盛世，花草畅逢春。　　情系百年航道，梦回千里图们。五星旗舞慰忠魂。雄鸡今引颈，唱彻九州新。

临江仙·临屏酬友人索句

蜀水曾经邂逅，巴山不忘徜徉。永安宫下植丁香。紫花今着未？幽梦愿更长。　　百结团团馥郁，千枝朵朵芬芳。伊人何处访仙乡？预留方寸地，有待试新妆。

临江仙·月亮湾晚会有怀

篝火星星穿越，清歌曲曲回眸。女排夺冠景仍留。燃笤龙夜舞，秉烛蚁宵游。　　不管暮春花落，难忘昔日风流。天狼犯阙怎甘休。冯唐摩使节，李广顾兜鍪。

临江仙·忆幽幽诗茗温文尔雅二吟长

前年过草庐，幽幽诗茗、温文尔雅二兄相伴始终。二兄儒雅淡泊，风采堪羡。今日记起，填词以寄。

诗茗幽幽堪品，鱼竿故故垂怜。草庐亭午伴花眠。有书双富贵①，无事二神仙。　　春赏郊原红杏，秋歌河汉银船。四狼把酒会群贤。悠哉享吟趣，乐矣不为官。

【注】

① 二兄名讳巧合富贵，莫非谶语？

临江仙·凤竹丁香招饮言怀 （三首选一）

微雨熏风长路，佳肴美酒宜人。一群同好总相亲。流光催韵致，清梦驻芳邻。　　认得青山苍翠，怀哉碧水逡巡。冰城冬永也逢春。南图终北顾，东陆让西秦？

蝶恋花 （仲吕商）·接白雪仙子再咏西施画眉

向日浣纱初照水，水面红颜不用铅华媚。愿共若耶连蒂蕊，吴宫花草随他贵。　　人道蹙眉侬愈美淡扫轻描，早是青春废。银箭金壶流尽悔，更更滴滴佳人泪。

鹊踏枝·农安怀古咏萧观音皇后

经史诗文兼律吕，词劝回心谁解琵琶语。顶鹤单登阴若许，昏王忍赐悬梁缕。　　红藕青荷将恨举，玉笛丝弦岂是十香侣。从此契丹沦地舆，观音玉净能生汝？

一剪梅 (无射商) · 剑气轩主兄《佯狂》诗题记①

拔剑逡巡暗自伤，尘海苍茫，旧梦难忘。拂弦孰可述衷肠，酒对谁殇，诗共谁商？　逝矣斯人空望乡，君便徜徉，我便佯狂。盂兰盆送水中央，醉也何妨，狂也何妨？

【注】

① 想来多半与翟兄有关，临屏题记一剪梅，剑气兄莫怪。

苏幕遮 (黄钟羽) · 张家界

水如倾，峰似种，断壁悬崖崖隐神仙洞。百曲栈桥云雾拢，雾里遥寻玉笛三声弄。　土家情，山寨梦，千丈峦头松绕元戎冢。湘鄂西边红浪涌，融入铁流铸作擎天栋。

苏幕遮 · 忆懵懂人儿

前年过草庐，与懵懂人儿乍相识，交流颇洽。那日黄昏，懵懂人儿饮罢，卧于小庭绳秋千上，酷似史湘云，印象深刻。作苏幕遮词追记之。

倚秋千，丛翡翠。芍药殷勤相伴佳人醉。花问秋千栖哪位，渡鹤寒塘伊是湘云妹。　鹤鸣皋，花溅泪。懵懂生涯谁可剖心肺。长啸温都红杏蕊，暮霭朝霞乐共三狼会。

苏幕遮·仲夏荷塘

　　戏游鱼，观静鸯，菡萏羞红莲子矜华屋。漫舞罗裳催馥郁，风弄涟漪藕有丝方蓄。　　备兰舟，腾酒斛，越女吴娃会待塘边宿。举棹来时荷簇簇，蕴子怀丝料是同成熟。

苏幕遮·农安荷塘

　　媚涟漪，娇粉面，辽塔垂波波上观音现。南海飞来风缱绻，怨惹泪珠珠洒回心院。　　问秋光，思水畔，影照残阳阳在流连盼。一朵含情双湿眼，折柳拴伊伊向风中颤。

喝火令·梦里

　　碧水尤难顾，金风不忍闻。旧年痕迹已成尘。花落月残人去，追忆更伤神。　　欲济无舟楫，何期尺素文。凤台箫远宝钗分。梦里巫山，梦里又逢君。梦里玉楼三弄，梦后化烟云。

行香子 (黄钟羽) ·江畔踏月

垂柳依人，飞燕来亲。夜幕下掩却嚣尘。暂离浑浊，强就清真。对水边楼，楼边月，月边云。　微风拂面，清光洒影，乐淹留此际消魂。囊间空旷，臆里精神。剩楼头案，案头笔，笔头春。

青玉案 (夹钟商) ·宝峰湖

瑶池千丈高山顶，绿如染、明如镜。石栈天梯窥倒影。苗生木叶，土家渔艇，对唱遥相赠。　斜晖漫洒幽光静，幻化崖溪尽仙境。造物玄机参未省。楚云秋意，湘天冬景，融入三杯酪。

青玉案·农安辽塔怀古咏萧太后

承天太后文依汉，卅年摄、辽疆远。铁马金闺萧燕燕，则天难比，孝庄焉伴，一代兴邦鸥。　韩郎辅弼孀孤展，旧约新情委南苑。赐姓托儿真慧眼。缠绵塔影，朦胧玉殿，不用红绳罥。

江城子 (夹钟商) · 赠张兄文学

今日下班在通勤车上，偶然想起前年与轻舟、春风应邀赴白城拜访张兄等四狼。主人印象，至今历历在目。当年杏花诗会，余尚蛰居，未能有幸参与，却早有耳闻。梦中曾经去过，算是补课吧。匆匆作江城子，手里一时无电话号码，未及征得三狂兄认可。

白城狼首号三狂，酒倾觞，韵倾肠。客至降阶牵手共登堂。煮醴烹羊西舍饬，燃篝火，舞霓裳。　　饮酤高咏贺新郎，甸生凉，起铿锵。水调念奴文脉扫清商。梦里杏花今又绽，帘外月，为传香。

千秋岁 (夷则羽) · 贺成栋兄六十六诞辰

挂冠称快，仙籍无需买①。弹长铗，思莼菜。挥毫蟾月下，交友榆关外。震钟吕，少陵驿马传清籁。　　足陟千山盖，腰系三江带。笔难住，情难改。儒怀高似岳，端砚深如海。迎茶寿，金杯不老诗长在。

【注】

① 谚云："有书真富贵，无事小神仙。"此句谓，柳兄退休后有书无事，列入仙班，不用花钱买。

风入松 (林钟商) ·农安之行丁香诗社代表团

雁行小队下农安，五朵便嬛，相偕五虎咆哮至，金风起、弦月还弯。一聚黄龙痛饮，再来花海流连。　　夫余京阙大辽天，旧事如烟。都成禹甸炎黄脉，岂能分、黑白江山。骚雅牵连诗阵，青龙亢角骈联。

传言玉女 (无射宫) ·见后园白丁香有思

回望园中，初放一庭如雪。短亭闲坐，正风传清冽。罗裳曼舞，影入涟漪明灭。凝神片刻，轻愁消歇。　　叶小花微，诧渠侬、蓄百结。色持香永，尽遗人欢悦。茎根自苦，砂釜熬干浆血。痴心依旧，不争高洁。

碧牡丹 (五射宫) ·应佟光兄邀牡丹江游

镜泊声名远，豪士歌诗焕。一缕天香，香透东都阆苑。凤姐龙哥诸友朝昏伴。浊醪清景寻遍。　　黛眉展。九寨千叠绚。三关百重廊栈。苔藓丰茸，草木露珠温婉。秉烛同游长恨重逢短。相期江岸湖畔。

祝英台近 （无射商） · 迷魂台留影

土家姝，苗寨秀，雾里山容瘦。石栈天梯宛在云中走。亭台怯倚栏杆，者般消受。怪冬月汗沾襟袖。　壁样陡。存心照个舒眉，欲展依然皱。笑脸豪情全仗一杯酒。自怜肉骨凡胎，恐高如旧。取景处不堪回首。

一丛花 （林钟宫） · 农安盛会黑龙江之旅团队访友

朝来微雨晚来风，杯酒染霞红。鲜花猛虎飙车劲，却原来醴泛伊通。耆旧牵襟，交新拱手，情谊漾关东。　金刚辽塔问鸿蒙，花海醉香浓。盈池菡萏缠绵意，恰便似偷送情衷。一种诗心，十分雅趣，都在比肩中。

解蹀躞 （夷则商） · 兴龙峡谷

十里清流寻遍，年少江湖梦。栈桥回曲，黄花嵌冰缝。吊索飞度人能，揽绳学样吾来，震山声哄。　勿惊悚，一点皮毛伤痛，犹能蝶泉颂。琤琮溪水，和弦蜀琴弄。忆也宾客离怀，惜哉耆旧游缘，尽情轻讽。

四园竹 (仲吕商)·微山湖湿地见芦竹

潇湘韵致，北上驻湖山。翠衣红蓼，高节密根，情媚形娟。临晚风，迎夕照、幽怀缱绻。对伊今夜难眠。　　性难迁。岐黄依赖君臣，牛羊仰仗生番。骨正笙簧律吕，浑入宫商，妙伴丝弦。生死眷，耿一志，谁毋慕大贤。

镇西 (夷则羽)·江边鱼市

东风催碧草，枝肥葩瘦。正长堤、舞繁歌骤，浓于酒。望临舷一列，锦鲤花鲢，闲游篾篓。头纤尾长齐售。　　念往昔、松江春水绿，渔歌结偶。自机船、笛声嘶吼，鱼虾走。更筛罗绝户，巨细难逃，惊魂悚透。沉吟探看良久。

满路花 (夷则羽)·咏史

雁门刁斗立，辽国阵云稠。狼烟滚滚觑神州。边关夺帅，杀出混天侯。纵马惊延寿，北虏如闻鹤唳，风散云流。　　堪叹东京安乐，弦管伴春秋。檀渊割地未知愁。白银黄帛，岁贡几曾休。太液波翻讝，兀自悠悠。金钩字、与谁留？

新荷叶 (黄钟宫) ·儿时玩伴小聚后夜赏丁香

春酒微醺，月光摇曳芳丛。紫雾飘香，频添醉眼朦胧。青青叶小，更撩人、拂面清风。婷婷花密，如霞轻抹云空。　　长记陈年，林间嬉戏顽童。久别伊人，今宵霜鬓重逢。三杯绿蚁，浇不灭、怀旧情衷。此时分手，流连簇簇深红。

少年游慢 (黄钟羽) ·小叶丁香

春荣秋也复，本是平常灌木。才罢蕤宾，重操夷则，花千簇。生不嫌贫瘠，死更溶香馥。祛病医人，粉身碎骨归宿。　　巷陌罗裳覆，连理丛丛和睦。万朵融馨，千枝凝紫，期盟笃。仙子芳名著，武后西京属。一缕天恩，长思与君同沐。

蓦山溪 (黄钟商) ·龙福成分韵得暮字

推杯换盏，已是春阳暮。君莫唱骊歌，且相陪，田郎探母。微醺彳亍，烧烤雾飘香，呼秋雨，循前路，暂作霓裳舞。　　春流润土，新草芽才吐。昏眼觅丁香，揽柔枝、叶苞轻数。尘缘谁解，赏菊彼时来，怡然遇，成俦侣，百结团如许。

洞仙歌 (林钟商) · 杏花村分韵得杏字

丁香开处，谢夭桃媚杏。陌室闲人趁春景。酒旗招、一众少长都来，临赣水，萦绕藕丝花影。　　清词传诵罢，美酒盈卮，稽首齐眉递相敬。谁管玉颜酡，依旧飞觞，棂窗外、斜阳新映。龙福成、移席过初更，算今日、刘伶也须难醒。

华胥引 (无射宫，撞得) · 地龙

拈阄淮海，分调清真，效华胥引。卧病胸椎，多情不遣风流韵。似雪如菊幽怀，尽红消香陨。疼痛频来，落花缭乱方寸。　　持杖临屏，见庭芳露莹英润。去冬荒莽，欣欣荣随震巽。细数年轮堪慰，杼泉埃蚯蚓。说与地龙，汝余何拗何蠢。

江城梅花引 (夹钟商) · 凤凰城

亭台阁榭映沱江，舞霓裳，引金吭。月夜喧腾不是旧苗乡。灯火万家游客醉，阑珊处，老街衢，古凤凰。　　凤凰、凤凰，涅槃翔，越远洋，俯大荒。瞰也、瞰也、瞰不见，帝子潇湘。斑竹痕深谁忆泪千行。惟有姜糖循祖制，抛蜡染，弃芦笙，皆作商。

瑞鹧鸪 (夹钟羽) · 湘西抒怀 (步韵屯田)

褐氅荆簪。湘西访机缘不厌秋深。武陵源上，结伴低吟。水面涟漪漫漾，落照洒成金。山溪绕长廊十里，风弄轻阴。　　临路敞胸襟。问风雅传承舍我谁任。千百载律吕能便消沉？但虑泉台相见，羞对乐章心。堪慰藉身边尚有诸子知音。

探芳信 (夹钟羽) · 喜会泊客、岩生 (老坛子分韵得帽字，步韵邦卿)

无须帽，尽微雨传情，清风沾草。倒一坛醽醁，片刻残云扫。江亭清唱，毗陵古韵，料闻难早。奉瓷杯远自微山，者人新到。　　此意今朝了，诉两地相思，一生怀抱。江水潺湲，舞婆娑，歌姣好。偷窥更有天边挂半轮蟾小。愿佳朋伴我如斯终老。

卜算子慢 _(林钟商) · 向海揽胜

向海分调，如子牙封神，余无所剩。自选一未填过词牌以助兴。

黄榆迓客，玄鹤邀空，大泽碧烟含媚。揽海登临，四望草丰波翠。堪慰。对汀兰水鸟舒心肺。料大玉于归，系马湖边曼舞凝泪。　　少长擎樽醉。畅雅聚关东，夺袍金水。吉右川原，隐匿武陵仙卉。无悔。向西来千里挥征辔。且种下相思百树，待重来回味。

满江红 · 步韵一叶轻舟《辛卯端午前日游松花江》

入夜临江，千万众同登仙籍。花炮响舟车络绎，水天红碧。公子簪花诗酒贺，丽人折柳词章惜。错过了沐雨闲人聚，蛮笺白。　　暗尘涌，香淹迹。潮汐过，难留墨。正菖蒿叫卖，警车声急。料得灵均方喟叹，应知兰芷更萧索。想明晨呼啸踏青游，罗裙湿。

雪梅香 (黄钟宫) · 芙蓉镇

酉阳阙，依山傍水越千年。记前朝风雨，孑遗铜柱斑斑。一道垣门隔兄弟，四围山水界宗藩。土司梦，黎庶忧忧，血泪涟涟。　　翩翩，入银幕，吊脚楼高，豆腐遥传。瀑布冲开，九州大路相连。古镇风光竞留影，小街货殖引游船。北来客，翘首逡巡，瞠目观看。

水调歌头 · 通化 (得今字)

险嶂名遐迩，浑江汇古今。此间诗侣曾别，每向梦中寻。泉泻淙淙回响，雾漫濛濛迷影，石径隐丛林。遣兴青眸远，策杖碧云深。　　黑水谊，辽海恋，白山心。关东万里，银管绿绮聚知音。铁岭绝岩萦耳，金浪长流娱目，坎坷陟高岑。豪情仍旷放，锐志不消沉。

水调歌头·步韵酬绿窗眉妩《邯郸之行致梅翁兄》

　　君去杳无迹，初面鬓先秋。当时阆苑凋敝，种植费绸缪。变徵三声慷慨，夷则孤弦绵缈，合奏遏云流。鹤唳晋兵至，虎踞叹沉舟。　　凡鸟逝，离虫散，未相酬。黛眉依旧，唯有清水浸心头。邂逅梨花含蕊，惊诧绿窗妆若，靓丽不须求。蕊里芳传槛，天际月如钩。

驻马听·松北聚会

　　早已相期。到松北重逢岸柳依依。霜添两鬓，风催苍颊，仍留笑语长堤。草萋萋。紫白开馥郁沾衣。轻数流年，未忘前事，几许堪提。　　旗亭举杯小坐，话尽南北东西。屈指恨曾多少，圆梦难祈。槛外丁香似锦，盘里肥鲤如泥。且一饮，引颈高歌，商略黄鹂。

伴云来·古梨园初识魔方

晓梦梨园，香飘古树，初识魔方桥上。友伴云来，春溶流水，淡淡袭人馨爽。枝枝素客，践旧约绿舒红靓。曼妙情怀新展，付与柳风桃浪。　　指点碑文骋想。问箴言、可安榛莽？只剩春花秋月，别来无恙。浊酒三杯漫赏。简中事，聊供佐谈畅。珍重相思，韶华共享。

伴云来·松花江畔丁香丛步韵贺东山

半壁残霞，一丛新蕊，唢呐二胡腰鼓。翡翠罗裳，醴�娇面，雨后蕾沾轻露。微风摇荡，秧歌伴律随双杵。变徵摩云回荡，巴扬相送迟暮①。　　何堪等闲辜负？者韶光平生谁付？姹紫鹅黄开遍，芷洲松浦。隐约伊人悄语。月又出清辉照幽处。不忍方来，匆匆便去。

【注】
① 巴扬，俄式圆钮键手风琴，《我的娜塔莎》中可见。

双双燕 (无射宫)·哈尔滨孟夏丁香

小桃已谢，渐杨柳枝肥，老榆钱重。新来细雨，洗净一冬余悚。情客罗裳乍拥。更紫玉搔头垂凤。含羞淡淡凝妆，仲吕纤纤吟诵。　　轻捧。前年旧梦。记紫白云霞，逐风香涌。盘根排干，四瓣比连罗众。花下阿铃暗送。太阳岛风情千种。芳丛隐映双双，戏水天鹅三弄。

弄珠楼·夏夜丁香曲

花园月好，正松江夏夜舞阑珊。丁香馨郁，手风琴曲缠绵。灯影轻摇，霓虹明灭，华彩映喷泉。对对鸾俦鸥侣，追飞燕子，回荡秋千。　　无眠。梵婉玲起，叶颤应和弦。浓香飘渺，伴随旋律翩翻。幽境迷人，流光醉客，仿佛已成仙。但愿今宵凝固，长留天地，永驻斯年。

瑶台聚八仙 (夹钟羽)·丁香诸友过牡丹江

洗尽尘埃。连日雨点明石上莓苔。密林苍翠，路畔杂蕊新开。九寨清溪斟御酒，一湖碧水照心怀。不须猜。八仙赤脚，同上瑶台。　　应怜晚晴妙趣，谢王孙递简，公子安排。凤姐龙哥，写真巧剪精裁。钟离国舅暗妒，恨过海当年输快哉。邀青鸟，待蟠桃欢会，还要重来。

醉蓬莱 (林钟商) · 再过兰河得雨字兼酬翟兄志国

记兰河祝酒，绿岛拈阄，孤灯眠雨。廿载佳期，会酌朋吟侣。情系萧乡，踪归碧水，喜故交重聚。棠棣恩深，琴箫义重，纠缠如许。　驿马飞驰，旗亭紧握，讶我偕来，感君知遇。耳顺风流，树裙钗咏旅。一叶轻舟，风花雪月，恁繁英堪诩。不负觥筹，应怜翰墨，关东诗誉。

丁香结 (夷则商) · 次韵武松《惜别丁香》送之词版

易网情缘，痴迷琴趣，深夜秒针轻滴。南浦成追忆，问行者，打虎景阳还力？种新花苗圃，莺啼序彩绢盈尺。拨开蓬篳，婉约粗豪，运斤将逸。　应惜，贺铸鬼登堂，乐府寓声歌激。殿直从文，庆湖遗老，横塘词客。檀板金樽言事，看子承文脉。刺股悬梁后，一曲琵琶衫湿。

雨中花慢 (林钟商) · 同赴邯郸与细雨

闻道梨花春月，似雪欺梅，待放邯郸。太簇夹钟方奏，意早拳拳。结伴同行，觥筹小试，驿路迁延。谢东道厄簟，西邻刀俎，盛景盘桓。　风骚流韵，台园呈胜，此会不让前贤。存曲水、校书新拜，编辑连绵。九省辞章一总，三才翰墨周全。谁知向后，何人开卷，为我垂怜。

国香慢 (夷则商) · 5月17日幸运花

淡紫微忱。若初开情窦，处子之心。念奴怯摇罗袖，羞弄瑶琴。粉面频催纤指，弄宫商哪个知音。关人好风月，仲夏良宵，幽梦痴寻。　暗香凝聚苦，纵清馨似我，孤诣谁任？那人安在？天际星远河深。夜雨晨风来去，对纱窗独自轻吟。蓬山路迢递，顾盼东边，传信青禽。

寿星明 · 贺《中华诗词论坛》建站十周年

百鸟鸣春，报千红万紫，竞开阆苑。送暖骄阳，滋根清水，催绿好风齐现。十载回寒暑，雷泽龙蛇爻变。涓滴成渠，汇渠归海，流长源远。　风雅即久，更乐府琴趣，大吕黄钟传遍。不负先贤，芳菲留种，接踵兴观群怨。一网联同调，六欲七情浇灌。有待芸芸垂青，了人心愿。

雨霖铃 (夹钟商) ·兰西祭祖

兰西朝雨，盥心头抑，百里寻祖。他乡廿年魂徙，看成一脉，关东吾土。伫立碑前遐想，对南溪烟树。酹几樽陈酒新茶，供果焚香伴无语。　归根落叶情何许，料飘萍聚散今为古。曾孙又临张掖，弥嫡后，再迁奚路？渤海村边，应是三昭九穆难赴。遍赤县，随处青山，尽是延桃处。

锦堂春慢·同赴邯郸与兰蕙

久盼梨花，重邀征辔，南来五子新春。古邑千年烟霭，萌草黄昏。酌酒相携皆客，揽胜同对怡人。问补天传说，战国残留，几许还真。　丛台贤祠漫步，效梅开二度，知与谁亲。麻雀夹钟鸣矣，难解回文。赵苑娲皇眄也，想燕燕、能聚能分。登眺关心蔡琰，董祀胡笳，数拍犹闻。

绕佛阁（黄钟商）·杪秋雨中游雪窦寺

细霖酽雾，弥勒旧馆，菩萨称侣。苔滑林茹，道场寂静空山鸟无语。剑琴伞鼠，难辨大王，容貌何许。五山分祖，千年雪窦，香烟拜神处。　信众杳行踪，想是回头辞海苦。还愿叩头，慈悲应有路。对缥缈迷蒙，皈依奠去。念经朝暮。问几个红尘，心佛常扈。我今来绕坛参悟。

紫玉箫（林钟商）·孟夏亭午过松北湿地公园

杨柳摇青，丁香凝紫，水平波细云流。双凫照水，对绿头憨颈，交换痴眸。雪化冰解，春已季湿地重游。游人到，花憎折枝，鸟畏驱逑　曾经几度饕餮，空怨怼铜鱼，竭尽芳洲。喧嚣市井，剩危楼林立石径街头。把流黄梦，撕粉碎惹恨添愁。南柯后，回首向来，若许堪忧。

看花回慢（无射商）·过白城草庐

芍药花开，蔷薇百结环绕。并蒂枝头姹紫，最牵人魂魄，弦月垂晓。草庐为客，醉蹴秋千吟古调。记昨夜红烛华胥，桑葚蟹黄百般好。　迎远客鸡鸣犬叫，会新朋宣铺墨饱。谁慕东篱采菊？定未见白城，四狼仙岛。吾爱吾庐，任尔红尘纷扰扰。伴花鸟养鱼雉，主人应不老。

木兰花慢 (林钟羽) · 谢岁寒公子毓寄赠红梅十字绣

看精工十字，针儿密，线儿齐。现数朵暗香，一枝疏影，疑是山溪。逶迤。雁飞千里，越重崖叠谷恨云低。白虎庚风鸣瑟，木兰征马扬蹄。　　何栖？别样痴迷，宵伴月，旦闻鸡。大晟歌律吕翻新绝响，直上虹霓。天梯，驾吴越梦，更愁心同到夜郎西。得宝应怜彩笔，落红不问成泥。

桂枝香 (夷则宫) · 本意

金英摇落。胃南国杪秋，飞甍翘角。千里香飘浸遍，碧泉青岳。芳馨染透东湖水，灌瑶瓶、淋衣深阁。素怀堪寄，痴情难了，牵魂缠魄。　　问何必蟾宫苦索？费十载凭窗，孤帆趋洛。密蕊繁枝，料可路衢寻掠。一株纱外穿帘牖，信中秋重九萦度。南山靖节，西溪商圣，会掀罗幕。

倾杯乐 (林钟商) · 红叶诗会

红叶遥寻，旧碑轻拂，藤萝一壁霜染。鹫峰路绕，禅寺殿古，命骈怀周览。风人十省西山聚，正天高云淡。流觞画壁，舒旷放翰墨琼崖重嵌。　　宅门渌醽名贵，曳瓶鲸吸，留照将军啖。算饼子少年，隔屏嗔妒，怨今生留憾。酒壮诗情，谈添词兴，肝肺谁能掩。月伸颔，争不吐天边百感。

瑞鹤仙 (林钟羽) · 赴王池伉俪席得扎字

冻云遮倦日，把一点闲愁，轻梳轻扎。酒香主人好，文昌路哪管薄冰微滑。相逢豪饮，易新丰玉钿堪拔。对蛮笺凤管，捷才秀笔，学祭鱼獭。　　谁察。东家坛大，西宾量浅，南面酲杀。蛟腾敖府，雷公吼，石尤刮。夜分时独自寻茶煮水，惊飞老树栖鸹。问诸君，者般无用，小苗还揾？

水龙吟 (无射商) · 黑龙江畔

春江远眺苍烟渺，万里玄波岑寂。千年肃慎，百源靺鞨，都成陈迹。泪洒瑗珲，情牵库页，无言追昔。叹山河依旧，黎元早改，江东是、谁家客。　　凝伫名山萝北。想惠文曾归完璧。生民食货，兴邦干戚，重来今日。野老应知，少年当奋，舜尧之力。问鲟鳇味美，松茸寿永，赴何人席？

安公子 (黄钟羽) · 采一束丁香遥祝伯客华诞

　　新唱千秋岁。莼羹酽醴清蒸鳜。桑梓一鸣
兼仲则，倩君来联辔。毗陵客湖阴酌酒江边醉。
摇舣舟穿越东坡会。驻先贤车马，绿醑堂前权
酹。　　　一束丁香蕾。聊充贺礼常州遗。欲借仙
乡沾毓秀，卖太湖兰蕙。莫吝惜端阳蒲艾中秋桂。
紫白间多少堪回味。料月圆花好，相伴伊人无寐。

爱月夜眠迟 · 步轻舟《近中秋与
梅翁燕子约饮》韵

　　向日黄花，聚重阳时节，不为登高。燕来舟泊，
林声松色，别时去马萧萧。隔年重见丁香，新春
细柳舒腰。记临江解楼台，红笺吩咐歌谣。　　屈
指邂逅同城，数捷才健笔，几个称豪。将圆弦月，
新开秫醴，酌尽尘海喧滔。清清洒下微光，涓涓
涌动吟潮。影阑珊酒颠倒，谁管泰华鸿毛。

宴清都 _{（夹钟羽）} · 得却字

风送峭寒却，杨柳青迎春初吐黄萼。江岸登楼，渔村眺月，人心腾跃。新交故契相逢，握君手欢声若雀。如梦令再解易安，觥筹依旧交错。　　丁香影拂鳞光，新芽破杪，和风骋魄。去年今日，绸缪此地，重提前约。夙缘一簇堪幸，千般结缠为痴格。酒频倾浇筑渠依，三生重诺。

彩云归 _{（夹钟羽）} · 冰城立夏丁香

迎春谢了柳梢青。杏花飞逝水多情。登小桥四顾莘莘翠，芳草绕紫白初萌。碧窗下艳阳辉洒，映颜酡悄生。蓓蕾簇暗香偷蕴，点点星星。　　晴明。寒消雪尽，盼春来已踏回程。骤然孟夏，呼绿摧粉，不许稍停。蓄紫云长堤永巷，素客常记山盟。何须问千朵齐开百结争荣。

向湖边 · 松花江畔黄昏散步遐思

落日残霞，微风垂柳，水映霓虹灯火。紫雾飘香，衬秧歌婀娜。萨克斯轻曲回家；花腔重唱，榆荚应声飘堕。浪打沙滩，泛往来游舸。　　远处江湖，欲锁心难锁。遥闻海事迥，怜传媒车祸。侧耳旁听，惮言辞相左。恨邯郸立马鲜廉颇。有谁信、体健肠肥心赤裸。门外楼头，问几人无那？

向湖边·重游镜泊湖

载酒驱车，牵襟携手，十众鹜趋湖畔。大暑炎蒸，遁羲和龙辇。水纹平，万顷琉璃，一帧湘绣，不必玉台弦管。酽醴嘉朋，对重波叠巘。　　妙馔肥鱼，助竹林游伴，刘伶曳阮籍，琼浆连尽盏。盛世闲人，剩朝书昏宴。效前人秉烛昼嫌短，南山豆戴月荷锄归未晚。镜泊湖神，为我开罗幔。

二郎神 (夷则商)·同赴邯郸与轻舟

梨花会。自腊月便邀同醉。任数九严寒常殢酒，旗亭里觥筹不废。似效山公成一倒，恋榻久蹉跎痼寐。姑洗近催春羯鼓，弃杖伊人归队。　　来魏。芳菲羞涩，捷才名讳。隐玉质依前妆婉约，送婀娜枝吐娇蕾。借问东君何踯躅，料三舍旌幡避退。待鸾驾回舆，凤辇旋宫，方令扬辔。

春从天上来·立夏日丁香 <small>（步韵张继先）</small>

凉风疏雨，望江水微澜，花杳如烟。树杪萌芽，枝上葳蕤，承接莹露遥天。怅冰城未暖，过三春大野犹玄。默无言，对迟来芳信，速去新元。　　一缕幽怀难了，问东君何事，律令乖传？我自痴心，含青蕴紫，罗裳待舞翩跹。叹陌街深巷，浑无造酒圣诗仙。惜华年，料萦馨之日，寂寞江边。

问梅花·楼头望丁香

香陨艳残忒匆忙，似回归角亢，花事渐岑寂。溪边谁袅娜？榆荚夸才柳争碧。倚栏杆处，紫雾弥漫纱窗，送幽馨浓密。美景当春，朱鸟错传夏消息。　　胭脂逊，铅华避，黛天生，岂用眉笔。东风来塞上，一骑何须木公驿。暗香熏透，四月天高扬中吕，借得羲和万钧力。恁永花期，哪个能不长忆。

夜飞鹊（仲吕宫）·梨花诗会顺访邺下村童

诗坛慕名久，携手相期，铜雀邺下攀篱。梨花蓓蕾罥游思，幺弦旋轸情怡。东风倩谁问，会兰台牛马，阆苑蛟螭。宫商醑醴，任倾情山简离披。　　间阻六龙三界，尘海恁频繁，圭臬来欺。应慰星辰循径，回环料是，旋转交奇。建安七子，去千年孰与重跻。愿今宵欢畅，明年乐爽，不是狂题。

霜叶飞（黄钟商）·雨中丁香

雨滋风酿。苞含露，葳蕤浓艳堪赏。紫衣罗带舞沙沙，更玉容晶亮。水缱绻流馨送爽，拂弦催柱偕清唱。有掣伞徘徊，未肯去多情女子，丛畔痴想。　　何忍辜负残春，杏飞桃谢，树杪空余惆怅。阿侬不做葬花人，且惜花今晌。料蓓蕾矜持数日，韶光销蚀能无恙？趁此时相陪伴，一点幽怀，共渠分享。

高山流水 (黄钟商) · 丁香花气漫长堤

暗香拂面醉人来。暖风熏融透心怀。浓染舞霓裳，缁裈彩袖朋侪。乌龙沁万众颜开。茅台烈歌席醇飘十里，个个酡腮。更频飞羽键，引颈唱蓬莱。　　悠哉。嫦娥广寒觑，应喟叹月桂庸才。京洛牡丹期，武后懿旨重乖。百花仙谱册新排。绣衾展帘卷闺房倩入，几日持斋。净瓶高祭，尽收起贮妆台。

一萼红 (黄钟商) · 与德惠诗友小聚拈调

正深秋，快赏花摩剑，携手共登楼。紫气临城，金风拂岸，遥望浩淼东流。举醽醁浓香盈室，撞宫商长调又凭阑。数古论今，吟风诵雅，畅佐觥筹。　　侬我冥顽难改，磬红颜华发，迷恋歌讴。万里行踪，廿年情绪，斑斑纸上回眸。拭长铗光涵豪放，敛红萼香气沁温柔。堪慰此生赢得，几许闲愁。

寿星明 (黄钟羽) · 小华梅雅聚 (新韵)

塞北初冬，江南故事，又唱华梅。聚金花五朵，含香凝韵，疏枝三叉，顾影擎杯。一叶轻舟，千言雪语，可记前年六瓣飞？寿星亮，任春秋往复，潇洒来回。　　韶华过隙难追。幸与子蛮笺效采薇。剩三分烂漫，逞才遣性，七分执拗，傲物攒眉。讽喻秦中，吟哦灞上，冷眼人间是与非。倾情处，有清风相伴，明月相随。

玉甸凉 · 向海鹤乡

鹤舞晴空，影留芳甸。水缠绵，奏一曲清波摘遍。野草飘香游子醉，一扫红尘牵恋。天姥情怀，武陵风韵，此际吾侪尽挽。堪笑陈王，七步诗煮豆燃萁之怨。　　我欲移庐，君能别苑？共黄榆，避尘嚣流连湖畔。采菊寻梅明日事，戒律清规难管。浊酒清茶，旋宫换羽，月下琴箫相伴。汽笛生喧，旅游团忽把南柯惊散。

贺新郎 (林钟宫) · 再酬雪语索句

向晚雷兼雨。正江边游人归棹，萧条名屿。飞驾轻车祛铜锁，旗下玉觞重举。浑未识雷言风语。德惠三花开一朵，问司勋时下情何许。点琥珀酬金缕。　　几年修得今朝聚？唱骊歌孤灯摇曳，闲云飘旅。醉里寻他罗裙湿，检尽泥间残絮。怨惊破分曹蜡炬。好觉醒来交戌亥，唾渠侬兀梦邯郸去！身影逝形犹栩。

玉抱肚 · 丁香诗社成立两周年

同心同好，同行同调。借梁园半亩方塘，一丛开出花小。历春秋两度，流光逐百结香凝紫云悄。苦心未改，孤诣不了。形相倚影相吊。　　水远天遥，临屏处潇湘碣石，飞来似青鸟。隔天涯不识清澄瞭，向笔端可觅玲珑窍。此中缘料是三生，判官亲笔所造。离多聚少，遂令我，一半相思一半恼。系个死结，解难解，扔不掉。债已呆，无处讨。剩幽怀尚满，情尚笃，小筑共与，梦魂偕杳。

春风袅娜·萧乡再会耐寂轩主

正东风吹面，紫蕊风流；杨缱绻，柳温柔。渡兰河共举一觞醇酒，廿年佳话，拈指从头。曲水潺湲，旗亭妖娆，少长倾怀歌未休。笔底锋尖堪玩赏，花间篱畔可淹留。　桑梓痴心不改，亲情总绊，纵千里屡屡回眸。斟君醴，遣余愁；秦楼月好，松水波稠。且煮莼鲈，召回征雁；再烹粱稻，系住斑鸠。凭栏长白，望家乡弦上，蟾光旖旎，今又如钩。

多丽·松江湿地观光

驾江风，共来湿地观光。碧空清涟漪失岸，心同鸥鸟飞翔。洗尘间千般烦恼，开天路任我徜徉。杳杳轻舟，翩翩细柳，岸边浣女抖衣裳。笛鸣处红巾飘舞，游艇浪头航。临大泽，千花百草，暗送清香。　绪岚歌，魂牵名岛，九州人并传扬。雪乡思暑中更好，仙境里舒气清肠。欧陆风情，冰城意韵，天鹅山水鹤家乡。白太守苏杭曾刺，到此也彷徨。齐天乐，人民有幸，孰与流芳？

莺啼序·得却字

　　东风悄来塞外，送轻寒归却。长条软桃杏含苞，迎春初吐黄萼。登楼望渔村画阁，团圞皎月穿帘幕。快相逢俦侣，人心一番腾跃。　　梦里幽兰，波间短棹，驾闲云漫泊。黑哥俊堂主翩翩，归人风雪如昨。沐春风松林疏影，隐远岫禅房霞廓。握手时笑溢轩堂，欢声如雀。　　易安续解，小令分阄，又是觥筹错。看水面丁香倒影，拂拭鳞光，破杪新芽，摄魂牵魄。去年今日，绸缪此地，同期紫白开繁灼。忆前时情客枝头约。双轮辗转，青阳西昃萦回，早有期年收获。　　茫茫尘海，一簇奇缘，幸仄平媒妁。细思忖真堪偷乐。百结情怀，万种温馨，缠为痴格。频倾美酒，渠侬浇筑，小庭幽径长为伴，盼年年满埠花齐着。问君化作红泥，记得而今，三生重诺？

穆护砂·夏夜松花江干交响曲

拍岸闻波语。柳随风水弄中序。伴秧歌扇舞，彩衣红袖，毽传翩跹飞羽。画舸动江花联妙句。塔影衬游人心绪。翠幕隔悠扬黑管；紫燕逐叽啾呼侣。沿路丁香，遍排繁紫，浓香如酒醉裙裾。绕古楼穹顶，长干幽径，牵绊梦何许。　月上半轮高举。照花丛清辉凝聚。听静江流水，微风摇叶，和声亘连广宇。只怕是今宵难再遇。辜负了者般钟吕。连百里绿阴芳草，留万众雅趣欢娱。鸟憩虫鸣，夜阑人在，石阶木椅不空虚。梵婀玲，弓曳弦缠，谁人能恁去？

散曲选七十五首

【北南吕】四块玉·得空字

玉盏空，金钗耸，南吕方停变黄钟。紫荆花放北来风。酒儿甜，曲子融，趣尚浓。

【北南吕】干荷叶·戏答横笛

常朝圣，屡参经，佛祖堂前敬。普贤坐下倾，普陀山上行。可怜丢不下一怀情，耽误了天竺径。

【北南吕】干荷叶·再答横笛

闱魁首，酒班头，凑韵还依旧。杨太真也曾梦中求，牡丹花也曾笔端流。秋霜无奈又生稠，要风流且待托生后。

【北仙吕】一半儿·干荷叶游戏

老刘莫道叶儿干，有几个湿人小曲儿酸。惹众人唾液津津凑作澜，向池看，一半儿流波一半儿满。

【北仙吕】一半儿·看杂耍艺人

鸡毛在手霸为咱，树上的凤凰难比他。一旦
鸡毛火上加。小冤家，一半儿疯癫一半儿傻。

【北仙吕】一半儿·友谊宫初识杨小源先生

杨小源先生来哈，今晚鲁仲平做东，邀金鹏、成栋、宝海诸
位先生及余作陪。席间祝酒，人谓"干杯"，成栋兄每每称"一半儿"，
遂约定作《一半儿》。

海风阵阵①唱闲愁，天外星稀蟾似钩。握手
识君江岸楼。逞风流，一半儿关情一半儿酒。

【注】
① 席间余唱《海风阵阵愁煞人》以助兴。

【北仙吕】醉扶归·得后字

亮嗓全凭酒，落笔不嫌油。拆他个清泉石上
流，曲调心中凑。核对适才抓的那阄，席散人归后。

【北黄钟】节节高·得山字

恰别洋节，又逢元旦。阄儿常捻，曲儿常篡。
一寸笺，十寻甬，百尺栏。醉里朦胧看玉山。

【北双调】青玉案·嘲学郑人买履者

绣花鞋市上买偷偷乐，新量制子胜脚也么哥。
曲谱李渔独授我。文坛执法，西走东奔，可怜咱
磨破舌。

【北双调】碧玉箫·植物园初见玉簪

绿蜡争肥，不待柳绵飞；红玉相随，犹有露
珠垂。任水仙夸黛眉，听郁金如贵妃。君莫违，
明日个玉簪麾。谁，在我花前醉。

【北商调】梧叶儿·北国深秋

云天碧霜叶红，江上起西风。罗游鳜埋逝蚤
送归鸿。剩几日长流浪涌。

【北正宫】脱布衫过小梁州·小华
梅上岛咖啡小聚 （新韵）

才饮罢、理治华梅，又端起、上岛咖啡。调侃之、甜舌辣嘴，乜斜者、雨哥兰妹。

【小梁州】酒烈灯红瑞雪飞，驿马来归。解醒清茗洗心灰。愁滋味，划地甩罗帏。

【幺】轻舟短棹酕醄醉，二三子、堪敞心扉。笑幼安、无人会，楼头落日，孰与共倾杯。

【北中吕】快活三过朝天子四边静·贺
沈鹏云兄出任《长白山诗词》常务副主编

长白山月新，又伴沈鹏云。左将军擢作大将军，铠甲雄风振。

【朝天子】至亲，故人，旧事萦方寸。仙人琢璞恁时臻，曾坐毡觎囤。桃李缤纷，繁花香润，黄龙袍上衮。恋群，固本，情寄关东阵。

【四边静】贺老兄今来执印，应是萧曹二度春。诗心为准，诗工为趁，操刀赖君，圭臬朝夕运。

【北中吕】十二月过尧民歌·计都星

列九曜谁知大名，慑八方咱是凶星；俺值年君当记省，你则要物欲消停；没来由唇舌惹病，顿教他阴鸷难平。

【尧民歌】俺虽名恶不胡行，遥祭西天获财能。十八下拜若虔诚，廿盏黄灯便康宁。哎呀呀叫一声我的卿卿，岂不知猖狂祸可生，谦逊招人敬。

【北中吕】十二月过尧民歌·农安太平池水库

忘却了宋韵唐风，偶偷闲柳绿花红。管甚么凤雏龙种，都化作飞蝶鸣蛩。那边厢竿扬丝弄，者钓翁水寄山容。

【尧民歌】明湖浑在草庐东，一壶浊酒荷锄同。门前五树醉阴中，胜如参驾礼行宫。穹窿，渔樵观远鸿，谁与儒心动。

【北中吕】醉高歌兼喜春来·贺王英伟先生八十诞辰

吟哦篆刻岐黄，惹羡招怜逗仰。丁香开在千家巷，色紫芳浓又赏。

【喜春来】玉泉西凤金卮漾，黑土青山兰水汤，诗朋韵侣祝辞彰。松鹤享，茶寿再擎觞。

【北中吕】喜春来过普天乐·塞北闲云、春风如沐归来小聚

闲云缥缈归关外，小酒醇香饮半开，清锅浅浪话从来。何用买，窗透月徘徊。

【普天乐】盏频传，诗常晒，春风如沐，一见悠哉。霜任添，情难改，剩有离怀攒成债。甚明年驿马重回。且留住今宵酽醪，不辜负前天飞雪，管什么明日瑶台。

【北南吕】骂玉郎过感皇恩采茶歌·公交司机 (新韵)

顶风冒雪来车库，月还照、日没出。道滑人满天迷雾，牌限速，街爱堵，灯尤怵。

【感皇恩】猫眼如株，撞炮当途。警察多，坡路陡，线模糊。穿梭乱闯，最怕出租。者工薪，一肇事，便全无。

【采茶歌】憩没屋，饭没厨，渴时凉水有一壶。跑肚拉稀难自处，开车哪有那功夫。

【北仙吕】哪吒令过鹊踏枝寄生草·鹤吟

这一搭儿大沼，藏咱几只野鹤；上甚么碧霄，怕的是猎枪火炮。何处闲云容倦鸟，畏人不敢骑树梢。伴雁鸥，栖泥淖，落得个自在逍遥。

【鹊踏枝】也不怨客相招，也不喜游人到。也不必秋后迁居，也不必春到寻巢。更不必获鱼探草，饲养员有的是美味佳肴。

【寄生草】艳阳热，大雪号，小庐一列平康罩。厌闻张寡李鳏醮，懒知嬴政吞燕赵。武陵人何用访桃源，咱已是珍禽册上标名号！

【北双调】雁儿落过得胜令·得不字

端杯休道不，分韵且留住。路儿小令熟，调子长歌古。

【得胜令】看酒似成朱，寻曲暂无模。逼我雅难雅，管他俗不俗。晕乎？心转杯盘转；欢乎？鱼酥腿更酥。

【北双调】湘妃游月宫·嵌名曲

版版主 (遵嘱改写五句古风)

【水仙子】看草堂散客饮千盅，听他醉细语呢喃商角蒙。好一个苍山如海蛟螭弄，问冰心谁便懂？者鼾声和乐随宫。罢了衔烟斗，罢了浇翠芽，南柯太守侧观风。

【折桂令】则便似秋夜雨如诉渠侬；则便似芳草茸茸，则便似曲语融融。迤逗的飞燕临江，佳人窥牖，野叟停筇。惊动了四溟五龙，引来了三岛八公。俺松水梅翁，借铁岭书鸿，欲与君研讨黄钟，相将着解释凡工。

【北双调】殿前喜过播海令大喜人心·贺泛海词复版

才看见。词曲不分家，临屏写个带过曲，聊以祝贺：

香梅二度又重开，浮槎还泛海。轻风知是故人来，阴共霾，吹天外。瀛洲过了到蓬莱，航标应未改。

【播海令】国舅猜，铁拐埋，琼宴排。燉鲈鱼，煲莼菜，倾仙酒，罗玉台，重重喜，步步阶，果老洞宾趁心怀，融融何快哉。

【大喜人心】张红灯三市六街，放礼炮阙前宫外。直教那吴娃草绿裙，趔趄风中拽，直教那李广枣红骧，飒踏日边来。

【南正宫】小桃红·河伯矜秋水

飘落叶、翻长浪；连远天、衔痴想。花儿损了娇模样云儿忘却青莲赏，沿途尽是萧疏象。心底下喜气洋洋。

【南正宫】醉太平·读《三花一剑集》戏赠许兄清忠

溪头荠菜。嗅清香馥郁，花儿不败。流年蹭蹬，文昌驿马难来。谁改，春来秋去我还开。坦宽腹长将诗晒，二闲风采。渔樵命运，儒道情怀。

【南中吕】驻马听·大雾

牖外沉沉，大雾茫茫海样深。高楼失影，长路迷津，对面难寻。漫街衢懵懂气森森，没由来天将怅惘欺人甚。若要舒心，除非是秋阳复照阴霾禁。

【南南吕】懒画眉·上网

猫儿插上对荧屏，老剧陈歌懒得听。鼠儿选个论坛名。广告难删净，美腿丰胸次第倾。

【南南吕】一江风·读《三花一剑集》戏赠寇兄彦龙

白云天，怅倚昆吾剑，恨击灵枢砭。陟龙潭，海岛天池今古胸襟鉴。叹空有腰间短刃尖，愁倾尽肠中酽酒酣；对青灯案头清气潜，写闲词笔下儒心蘸。

【南仙吕】醉扶归·梁祝

恨楼台撕破鸳鸯梦，叹冤家从此不相逢。谁信他化蝶双飞不过是慰空蒙，徒留下伤怀一座相思冢。叵耐那痴男呆女依旧此心同，钟情人但记得瑶筝胡乱弄。

【南仙吕】皂罗袍·读《三花一剑集》戏赠孙兄湘平

俏竹枝把东北风情煽遍，翻又是元和瘦贾寒孟新颜。东山寻迹小梅边，江湖载酒茶烟漫。羞答答翠帘半卷，愁悄悄湖心小船，意痴痴红枫一片，情脉脉山头杜鹃。怎不教青青杨柳丝缭乱。

【南大石】催拍·九儒

论名头高过丐帮，比台阶低于院倡；些须怅惘，些须怅惘。画阁图形，竹简标乡；百代风骚，千古文章；都成了一枕黄粱。闲无事话西厢。

【南双调】锁南枝·无题

天边月，路畔灯，那时那场那境情。莫问有无凭，但知留恋永。天地誓，山海盟，入肝肠，拂难净。

【南小石】骂玉郎·黄榆吟

驿路连绵达汉津。拴驼队，恋马群。荒原溪水不嫌贫。叶虫飧，虬干似圣女捐身。任风霜刻痕，任风霜刻痕。敞开我浓缩年轮，拒风沙下伸，拒风沙下伸。伴牧笛敖包解闷，共野花荣枯益损。怎记得几度冬春，怎记得几度冬春？干戈不死，旱涝仍存。胡与论？自生息，剩有清真。漫赢得、惠人民，韦编名分。

【南商调】黄莺儿·回眸

误了好时光，瞰蹉跎、暗自伤。多情尽付松江浪。羞言断肠，愁闻结霜。闲词庆曲无聊唱。恁疏狂。谁人又懂，心底是凄凉。

【南商调】梧桐树·贺吉林市诗词学会成立

松花湖水清，朱雀山光映。好个初冬添了宜人景。雾凇雪柳娇娆竞，绿鸭苍龙矫健争。百结眸凝欲溯江流胜，轻舟短棹追蟾影。

【南越调犯商调】忆莺儿·落叶

【忆多娇】寒露侵，西陆临。不似当初绿，飘零谁解荣枯此恨深。

【黄莺儿】风中自吟，衢边暗噤，回眸老树情还恁。笑痴心，韶华过了，犹向梦中寻。

【南越调】忆多娇·惊梦

红酒鲜，红蜡燃，味道何曾似那年。冷自心来莫怨天。过矣喧喧，去也阗阗，剩有寒蟾半边。

【南南吕】画眉扶皂罗·农安太平池钓翁

【懒画眉】风熏日酷水无波，芦荡遥瞻漂绿罗，麻衫草帽背堤坡。

【醉扶归】不语垂纶唯静坐，凫闲鸥懒近鱼笼，旁人蹑脚徐徐过。

【皂罗袍】空停云朵，干爬翠莎，轻摇蕉簸，微闻棹歌。王侯将相稀罕么？

【南仙吕入双调】月上海棠·无题

还记无？雪光灯影些些路。阗迢迢十里，兴致如初。酒微醒耐可相扶；冰正滑聊堪佯俯。谁人妒？广寒仙子，独守蟾蜍。

【北正宫】端正好·贺红叶诗词研究会成立二十周年 (新韵)

紫花明，红叶灿，彩旗招队伍光鲜。秋风遂我湖山愿，相聚金龙畔。

【滚绣球】群寿星头戴冠，少长集番番盛宴，宾客集副副嘉联。锦帐悬镁焰闪，唱不尽青衣老旦，诵不尽黄蕊新篇。八零后有两桌半，五届前无米寿全。今古奇观。

【倘秀才】吟罢了青莲蜀道难；唱罢了白石扬州慢。提笔抒怀洪度笺。庆清朝喜团圆。恁教人意满情满。

【脱布衫】逛霜秋枫桦流连，过寒冬冰雪缠绵，赏新春丁香缱绻，游盛夏茂林繁衍。

【醉太平】开箱检点，盈篚斑斓。春播秋获二十年，果实贯穿。夕阳拴在狼毫翰，黄昏系在宣州卷，菊花插在鬓华边。谁个不举杯尽欢。

【尾声】回眸堪慰然，前瞻堪放眼。春花秋月朝夕盼，红叶青山情再展。

【北正宫】端正好·卡米拉罗依

拜姑嫜，分昭穆，中表亲万里风俗。文明千载羞回顾，惊问孤洲路。

【幺】鼺蜥袋鼠图腾物，联负鼠同蒂胞族。阴阳四对皆夫妇，摩尔根迷误。

【滚绣球】库比逢衣把遇。笑嫣然譬如朝露，鱼水欢天地为庐。海誓多，枫叶无；自天生何须询柱，因缘分不必追逐。旁人休哂荒唐甚，远祖应曾涉此途。汝辈知乎？

【倘秀才】慢道是媒柯舅姑，更休提茶风雁俗，百万年前旧氏族。于太昊，比颛顼，更古。

【滚绣球】创世新混沌古。恰人寰一条来路，岂羲皇娲后同出。看亚当，儿女居。度过了几何朝暮，送去了多少荣枯。探源摩尔根休问，卡米拉罗依更殊。费逊传书。

【倘秀才】迷惑了美洲史书，难住了欧洲大儒。易洛魁人伙伴无。思忖来，折射出，同一个上古。

【滚绣球】从血缘到氏族，辨诸说旁征名著，证两合、谢苗诺夫。女采摘，男猎渔，生禁忌分营居住，起偶然移易风俗。繁延子嗣两家事，生产货值一脉出，社会之初。

【倘秀才】优化了遗传系谱，开辟了文明坦途；后世儿孙莫耻书，人与猿，分两途，则便是卿卿太祖。

【滚绣球】航海家寻异途。闯入了大洋新陆、者风情教人驻足。重鸸鹋，尊袋鼠；论级别夫妻分住，结连理邂逅当途。巫山云雨寻常事，银汉恩情百代殊，真叫人好不糊涂。

【倘秀才】懵懂了福音教甫；迷惑了圣经信徒。月夜鹅毛笔下书，越远洋，询巨儒，把咄咄怪事历数。

【滚绣球】摩尔根正著书；细分析古希腊继承条律，漫归结易洛魁、普纳路亚望门氏族。雁字来，麟甲突，探根源一条蹊路，寻脉络两样规模。文明千载云烟散，蒙昧一朝石水出。举世翘足。

【倘秀才】漫圈点精心捧读，详阐发倾情篦梳。社会起源描绘出。经典传，规律孚，信否？

【塞鸿秋】溯源五万年前故，东南亚裔漂流去，生生世世桃源住，文明谁解为何物？考拉伴我行，负鼠随咱处，山深林密朝夕度。

【呆骨朵】来时兄妹为夫妇，创世如初。天似穹庐，原如户枢。狩猎食獐鹿，未粗收粱谷。公房存妇孺，图腾分氏族。

【脱布衫】屏蔽开亲子翁姑；联结下中表棠姝；生番起连枝肉骨；渐次成望门阿注。

【小梁州】东土西天早易俗，建国开间。宗祧世系隶农奴，尊君父，大与旧时殊。

【幺】漂洋过海开疆域，新大陆收进舆图。传教士，红衣路，观察土著，越海寄奇书。

【十二月】谁知道人寰上古，却原来进化通途。英吉利洪荒列祖，一般是易妇依姑。梵蒂冈红衣教主，探根源免不了群妇群夫。

【尧民歌】恐龙金缕世间无，出土陶石认前车。人猿分道骇群儒，卡米拉罗悚虔徒。呜呼！宫廷士大夫，血统羞来路！

【耍孩儿】为何宗祚分昭穆，翁媪尊为舅姑？亚非拉美万民族，都留下换亲中表风俗？天竺哲曼难移易，希腊罗马不特殊。堪回顾，蛛丝马迹，旧桃新符。

【三煞】研方阵，成画图，布达穆利称阿注。卡波依把双方母，依把卡波嫂换姑。不值数，平常亲戚，异样风俗。

【二煞】钗头凤，水中鹄，沈园旧事悲唐陆。可怜中表长干誓，照影池边不与舒。三声误，青梅无奈，竹马何辜。

【一煞】崔与郑，舅并姑，当年婚事曾遗嘱。西厢一自邀白马，小姐从今拒旧夫。夫人怒，红娘鞭笞，张珙登途。

【尾声】东水逝，南陆古，澳洲土著寻无路。负鼠残部为尘土。

【北南吕】一枝花·得故字

衣服不必新，交友还应故。屏前说饮酒，灯下举屠苏。釜里烹鱼，杯中翻绿醑，今宵又一局。笑白兔孤旅茕茕，喜冰壶群芳郁郁。

【梁州】问松林何时雪化，指高山何地弦舒。梦中未解长门赋。倩红巾举棹，伴翠袖吹竽。同乡水好，异域山殊。看梅翁金卮未醉，唤吴姬美酒重沽。令长卿抚瑟临堂，令文君捧瓮当垆，令延年查典翻书。晕无？醉无？太真可共霓裳舞，菩萨陪韦陀护。直喝得回家不辨途，月也模糊。

【尾】已翻金盏无需矗，推倒瑶山不用扶。梅下横笛堪记录。看荷叶露珠，喜金茎未枯，又菡萏新开香簇簇。

【北正宫】端正好·代人作郎君获绿卡赴美送别

酒飘香，金明灭，阑珊处人影成叠。楼头玉盏天边雪，弦管声声咽。

【滚雪球】夸甚么赵瑟清，道甚么番调冶？分明是玉台花谢，分明是黄水流绝。锦帐空，人去也。我则待乘风登月，我则待破茧成蝶。随君长照加和美，与尔同飞吴共越，不愿消歇。

【倘秀才】酒杯干柔肠万结，木管停明眸两呆。牙箸狼藉玉盏跌，榴染面，泪湿睫，醉也。

【脱布衫】本指望弦柱相协，叵耐又劳燕成别。早知这秦郎是客，悔当初闭门推月。

【醉太平】重洋浪叠，遐路人嗟。哪堪霜渐日西斜。何年见耶？除非是梦会中秋节，除非是魂驻金山月，除非是大海水枯竭。剩有这红笺还姓薛！

【尾声】悲哉枝上花，悲哉窗外雪，卿卿月下双双热，尽被方儿灭。

【北南吕】一枝花·农安金刚寺

晨钟龙正眠，暮鼓虫安静。观音南海来，弥勒窦山行。宝殿门扃，苔染伽蓝径，尘封般若经。问比丘香火长燃，看石勒布施新鼎。

【梁州第七】西院里台阶扫净，仰眸瞧亮瓦飞薨。青狮白象开宫另。谁知僭越，者金翅玄鹏。菩提摇影，揭谛藏形，问轮回蹈火重生，审皈依向善曾行。苦海深三界幽冥，天竺远双轮紧行，大乘难六道丁宁。可诚，或清，青灯黄卷随钟磬。未若对天镜，旦暮扪心数去程，持否规贞。

【尾】佛陀元在心房定，另有妖魔心室争。欲与情迷灵共性，怎能，怎能，四大皆空梦中醒。

【北仙吕】赏花时·致秦楼公子

初识翩翩美少年，潇洒文章情共远，紫气漫江天。梨花腼腆，好伴醉时眠。

【幺】兰水松江问钓船，久逗江湖诗意蜷，只怕是素心愆。江梅四叹，怀璧待时贤。

【赚煞】筑茅庐，书案展，剩有西窗黄卷。谁道是伯牙停抚弦，待钟期山水同欢。月光怜，此意拳拳，休怪他砚干湖笔懒。逝矣幼安，悲哉邦彦，把红笺封就寄谁看？

【北仙吕】赏花时·梨花

倩青帝相邀迤逦攒。魏县梨花趋缱绻。或有旧言传。杜郎河畔。遥认是天仙。

【幺】杏艳桃夭色正妍。赵苑眉池兰更展。只素质尚慵懒。千呼万唤。料得遇应难。

【赚煞】怅回车，天未晚。见也何如毋见。闻似雪如梅羞玉颜。却原来随性常迁。马蹄翻。西陆盘桓。爻算他穆王才下辇。罢了征鞍，卸了连钱，笑卢生今又到邯郸。

【北大石调】青杏子·咏雪柳兼
贺雪柳诗社成立三十周年

翡翠以为裳，羞答答粉面轻妆。松花湖畔丛丛赏，凝脂封蜡，含情送意，伫女停郎。

【归塞北】朱雀[①]问："底事恁疏狂？卅载风流雾凇炉，巢蜂驻蝶月窥墙，春梦为侬长。"

【好观音】江水蜿蜒推碧浪，江头雪柳腹丁香。白絮紫云相绕翔。散芬芳，大野千家巷。

【幺】感念东君清气飨，乘时节蕾蕊匆忙，洒向人间福瑞祥。趁青阳，争闪今番亮。

【尾声】"好鸟当春舒喉唱，舒喉唱、水色山光。珍珠紫玉[②]并琳琅，休辜负乾坤走一趟！"

【注】
① 朱雀，松花湖畔朱雀山。
② 珍珠，雪柳别名珍珠花；紫玉，丁香花。

【北双调】蝶恋花·天河会

挑担郎君梁上跑，停杼娇娘映水残妆找。离恨经年重见了，泪痕更与欢颜扰。

【乔牌儿】看娇儿还瘦小，扯竹篾入怀抱："你爹种地难关照，嘱囡仔严拴门户好。"

【幺】抚郎肩："此来穿太少，玉露侵衣帽。晨昏餐宿留心要，妾不在郎君当自保。"

【金娥神曲】"心莫焦，为夫尚好。我妻你依旧如花貌：秋波浩淼，差可泛桡，待明日湖中扬棹。"

【幺】"郎君取笑，为妻不好。似者般长炮烙，焉能不老？争会艳娆？恨只恨我那姑嫜心残暴！"

【幺】心中怒涛，暗中喧啸，银河水翻波为祷。夸什么魂牵情绕，只怕是柔肠断了，盼只盼者河水明天干淖。

【幺】仔囡缠绕："娘亲哦每回来都将珠泪掉！看小妹今年俊俏，看孩儿文章见好。看阿爷秋霜见少，望亲娘似当年还儿巧笑。"

【幺】这宵，泪湿鹊桥。恨银河、空懊恼。路迢，经年一诏，恨耶乎？愁暮朝。近晓，又是时辰到！会明年何太遥！

【离亭宴带歇指煞】仙班未若人间好，牛郎织女来忠告："离多会少。珍重此良辰，且将金盏注，莫待红颜老。追什么浮云身外财，恋什么流水长安道。韶华去了。美景不重来，年轮还几绕，所剩无多了。莫嫌他齐眉举案人，休厌他贫贱结缡醮。淡饭粗茶便好，相对旧时欢，茅庐胜蓬岛。"

【北双调】行香子·萧乡重见包大姐

咱共恁初见丁香，再见湘江，者三番又见萧乡。丽人依旧，牵手三郎。能不信者韵缘深，情谊远，水流长。

【乔木查】慢道是打渔曾荡桨，慢道是结社曾为将，列阵关东也曾操巨蟒。顷刻间誉传千万里，声振八方。

【拨不断】呼啦啦蠹旗扬，雄赳赳虎贲强，谁不爱者复兴风雅军威壮。君不见天意垂怜锦锈章，又不见民心流盼停云响。叵耐她怎不顺天民罩袍升帐。

【搅筝琶】嘀铃铃四面起宫商，惊动了台阁观风，黎元尚绘。却原来是发春草，召王孙，百卉芬芳。若鹜底良朋汇聚圆梦想，管谁笑吾辈痴狂。

【离亭宴煞】人间不负来一趟，春风不负苏黄壤。噗噜噜百鸟竞翔，怎能不一朝飞去青云上。昔日里采蜜笼中陈酿，来日又折柳堤边驻往。愿只愿阆苑共徘徊，愿只愿银盘共欣赏。

【北双调】夜行船·龙江八友聚会抒怀

莫叹生涯如梦蝶，驹过隙不必长嗟。黑水缘深，兴安松烈，生就了热情浓血。

【乔木查】感恩他三江大野，扎动我六脉阴阳穴。黑土红粱心壮也，松江风物养，千古豪杰。

【庆宣和】我本尧封汉藁，况乃是五帝龙蛇。历数风流问开谢，赵耶？艾耶？

【落梅风】穹庐唱，声四野；木兰来栎鸣烟灭。露营水畔坚胜铁。义勇军军歌不歇。

【风入松】春来江水破冰耶，残月正西斜。百花翘盼迎时节，问苍龙何敢停车。把酒今来歃血，儿郎披甲登靴。

【拨不断】利能绝，义能竭，倾杯共把灵均谒。浪涌松花千万叠，滴滴酿作琼浆冽。醉山川定将红彻。

【离亭宴带歇指煞】四为六艺都宁贴，三江五岭皆澄澈。乐哉快也！点老李水族兵，召高山归隐士，酹天外清明月。六龙安在耶？夸父休称烨！首尾相接，看漠漠北疆田，滔滔黑水浪，灿灿兴安雪。慰人生有限年，当文帝千秋业；小子操犁敢辍？生怕史家言，文中臭名写！

【北商调】集贤宾·太平湖与诸友同赏荷花

似英伦玉台垂倒影，对湖畔草菁菁。舴艋舟摇来仙境，蒲苇丛藏匿香菱。采莲女罗袂青青，翠荷叶伞盖盈盈。芙蓉笑颜相映景，起轻歌鸥鹭加盟。天台山未远，平地梦长庚。

【逍遥乐】虽不是汗青名胜，又不是仙册蓬瀛，倒也似武夷酽茗。风弄筘筝，柳拂弦杨叶吹笙。菡萏酡颜醒不醒，莲叶扶妖袅卿卿。湖边举酒，暂列八仙，聊慰生平。

【醋葫芦】也不怨白发生，也不恨乌兔骋，二三知己可同行。山水杯中留记省。红莲为证，老夫未老尚多情。

【浪里来煞】好一似元亮庐，又好似绍兴亭。怅红轮还剩几回升，且珍重芰荷陪伴酩。折花乘兴，不枉这朱绡翠盖碧池澄。

【南正宫】醉西施·代人作初恋情人久别重逢

蝉鬓暗消磨，杏眼深沟锁。最堪悲易老红颜；最无情流光飞过。想那时杏园芳花开万朵，眨眼间尽被东风挫。叹六龙回日真无那，现如今一腔何荷？空剩团团火。

【并头莲】 微波，轻萦恨河。花时未解，日月如梭，红蕊须臾破。数来路去日良多。把霓裳撕碎羽衣唾，翻成长恨歌。菱花里面，真个是咱么？

【赛观音】 我则见花成籽，茧变蛾，莺莺燕燕各归窠，青梅竹马转南柯。还当是沈园鸿影么？钗头凤已入坩埚。皤。皤。两鬓青丝早是讹。

【玉芙蓉】 怅今世恨川芎，愿来生做女萝。回身看儿女紫蕾青莎；对面觑渠侬残枝谢朵。应长记西厢曾待月，可能够偿坎坷慰蹉跎？俺兀自箧里红笺裹，书中绿影，已是朦胧颜色失，你怎知那是我手磋磨！

【余文】 想轮回若得重新作，咱每吔当趁青丝莫待皤，定记取秋娘金缕歌。

【南中吕】普天乐·农安留别

【普天乐】酒杯干,开朱户,登巴士还归路。写真存滴泪芙蕖,彩屏记含羞苜蓿。实心辽塔便是殷勤主,昔日观音还牵珞珈绪。旧交会畅饮黄龙,新知遇欢言白虎。恨匆忙不待换盏倾壶。

【雁过声换头】归途。阳关重赋,似摩诘朝雨三呼。桃花潭水汪伦顾,踏歌来送狂夫。怅不得伊通河畔安庐,闲时斟绿醑。慢道是羲和回日明天续,却原来驻景鲁阳斯处无。

【倾杯叙换头】踌躇。问金乌,询玉蜍,升沉再能如故?遮莫华发频添,皱褶相催,朝露寻晞,暮霭模糊。幸时能接帖,途方不远,佳期焉负。屈指算筹谋平乐碰屠苏。

【玉芙蓉】关东开路衢,塞北张胡騄。向高天箭去,雕鹭弦逋。十年飒沓招关注,苍龙现春其焕如。思前事,问鸾儿凤雏,可识得李波小妹挽长弧。

【小桃红】怀查干杏花海,品农安瑶池露,哦朋吟侣招人妒,诗狂酒爽魁星忲,山高水远俞钟祜,怎不教太白天庭瞠目。

【尾声】频回首,屡翻书,胸臆间波扬浪鼓。怎一个忆字宣州纸上书!

【南黄钟】赏宫花·读《三花一剑集》戏赠陈兄旭

猛见得邻墙艳冶，露出了枝头红杏花。拥鼻时香气浓于酒，放眼处美色灿如霞。若不是沐浴坎离筋骨健，定曾经熏陶巽震血膏华。

【前腔】好一似三唐纵马，耳边厢但听得新词奏古笳。烂柯人白傅秦中遇，刘客朗州夸。梦腐儒天宝愁心毫下觑，元和清气箧中赊。

【前腔】莫道是关王和寡，今日里也牢骚成蟒蛇。难忍俊南吕嘲男女，双调笑商家。愁的是两地相思五供养，叹的是双重戏谑一枝花。

【前腔】偷窥了南风大雅，三千年河汉绵延直泛槎。有几个秦汉痴回顾，漫天下唐宋竞相夸。你却恁北曲南腔留脉络，今情时事蔓根芽。

【南仙吕入双调】步步娇·毒流

销烟庚子悲歌旧，少穆含冤咎。白银往外流，东亚病夫争忍群夷诟。妻女卖青楼，换取芙蓉嗅。

【醉扶归】国疲民弱棠花皱，狼吞虎啖主权丢。香港出租让琉球，海门砸破圆明蹂。当年铁骑祚休休，折了王朝寿。

【玉交枝】恨民国烟弥依旧。乱纷纷烽烟不休。宪章禁毒文空镂，部府哪个筹谋。双枪将皆为列侯。生财还靠烟兜售，数督军烟谁不抽，问官僚钱谁不收。

【江儿水】凤涅槃风卷残云后，看新政铁腕道。中华崛起除污垢，神州万里清风透，烟枪烟馆归灵柩。从此乾坤灵秀，海岳风流，雄起东方狮吼。

【好姐姐】敞门窗偷来暗流，兴货殖潜生恶绺。御微茫丹丸毋就，防蠹虫刀针欠筹。姑营苟，摇头猖獗冰侵牖，生产流通开暗沟。

【月上海棠】君信否？江湖必有公门祐。问勤猫巡狩，群鼠焉游。应羞，食禄空瞻肩上绶，听凭鼠蚁掏墙窦。振长缨，莫迟留，驯猫捉鼠当同奏。

【玉芙蓉】斯民教化谋，国耻心田镂。但无人偷购，毒品何流？知荣知耻真情授，珍命珍身大爱投。循操守，无劳拘囿，好教浪子猛回头。

【园林好】中国梦全民共求，休遗弃闲花路柳。划却灵魂腐垢，还应有好春秋。君切记勿淹留。

【尾声】兴邦固本清铜锈，健体强身祛恶瘤，子爱妻怜安乐久。

【南仙吕入双调】步步娇·赌流

坑人最是勾魂舍，旦暮金钱耍。神差鬼摄他，梦里财神馅饼凌霄下。想着与巨富竞豪奢，盼着共大款风云吒。

【醉扶归】忙不迭赌球抓彩谋赢马，忙不迭大登股市小搓麻。本钱厚不忿闲家怨庄家，点儿背卖房捞本期来夜。直输的妻离子散走天涯，这当儿他兀自思翻把。

【乌衣令】看腕儿葡京大耍，逛拉斯维驾，蒙特咖拉。狂丢色子盼牌花，掏空私产官银借。悲哉穆马，丢官戴枷；痴夫王谢，前车不查。遂成酒后茶余话。

【美女行】爱钱财应分正邪，想求富当知瑜瑕。赌赢来江月镜花，到悬崖应停马。休教小命南冠嫁，莫使亲娘北壁嗟。

【尚如缕煞】诸君未可沾腥辣，上瘾诚难往外爬。工耕读贾逍遥也。

【注】

　世界三大赌城：拉斯维加斯、蒙特卡洛、澳门（葡京，大赌场，在澳门），为声韵需要，译音字稍加变化。

【南小石调】渔灯儿·读《林中小溪》

伊那里帘轻卷看月西窗，恍惚间柳风吹影动回廊。夜深不欲欹衾枕徘徊梦乡。倾情饮甘醇酒三春花酿，信手拈赋闲诗一纸留香。

【前腔】纤杨柳耐可观光，夭桃杏好伴徜徉。春风约能毋尽觞？酒微醒拈红帕针针情绡，鉴酡颜缩青丝寸寸心量。

【锦渔灯】绍兴吟烟波畅想，黄龙赋鼙鼓君王。长白山头俯大荒。意浓时忘了女儿妆。

【锦上花】穿胡同沐春阳，临牧野别草堂，京城醉卧枕南疆。承德雨白城芳，珲春石集安江，春秋冬夏入诗囊，鸣矣记宫商。

【锦中拍】也思谋东篱看菊黄，也思谋武陵寻洞乡。权将这烟波梦想，暂系于松花湖上。住山家最流连迎门大阿黄。喜煞人场院里蟾蜍共赏，茅檐下桃梨共尝。吃不够玉米瓜钱，喝不够新蒸家酿。醉眼前倒嚼的圈中牛犁边躺。

【锦后拍】醉梦间猛传来地震大灾殃。孀妇孤儿碎肝肠。恁一声巨响，恁一声巨响！巴蜀远魂牵魄攘，庙堂遥忧思拟君王。赤怀敞，心儿犹烫，尚记得希文进退书岳阳。

【尾声】你风前絮语曾经唱，你日夜桃源存痴想，只怕是南山梦不长。

南北合【中吕】粉蝶儿·小华梅

8月25日闲心若水送子入学，顺访冰城，丁香黑水诗友一聚，国际哥行令：以聚会为题，体裁、用韵均不限。约定若水归来后发帖。今日记起这个作业，学填南北合套交作业。

今又是平乐冰壶，聚了些野鹤闲鸳，小华梅鲤烂醅熟。酒旗招，莼羹引，豚香盈户。呼啦啦天上掉下个陌上罗敷，似凌波洛神微步。

【南好事近】叵耐屏幕久相辜，恨只恨关山间阻。算定了痴心同好，遐思应符。闲来把佳期细数，待名山一日松江路。慰三春花落花开，偿三夏云卷云舒。

【北石榴花】好一似琼瑛玛瑙嵌珍珠，又好似翡翠缀珊瑚。也好似久病逢良医明素问解灵枢，针行脉复，药到疾除。更便似张生赖有红娘助，得见了待月名姝。牵襟执手横波目，蜀琴赵瑟凤栖梧。

【南料峭东风】屠苏，心病一时除，厄干瓷尽还沽。问相逢此日，伊人明日来无？举杯祈祷，倩三生石上轮回数，刻上这鹭信鸥盟，相约在青崖白鹿天姥。

【北斗鹌鹑】闹穰穰酒令诗笺，热烘烘谈今论古，齐臻臻留影齐肩，笑盈盈延年祝福。端的是美景良辰此日殊，旗亭鲜，曲水疏。堪怜惜翠袖红巾，莫辜负黄钟太簇。

【南扑灯蛾】咱不羡牛郎登鹊桥，却爱这金风拂玉露。此际关情甚，倾杯君莫忤。天赐与丁香黑水，权当做方丈蓬壶。休笑他山翁玉倒，休笑我今番看碧认成朱。

【北上小楼】歌兮燕如，斯怀难赋。不问穷通，但恋风骚，以沫相濡。守清贫，甘寂寥，痴心如故，索求兮漫漫长路。

【幺】乐矣乎，人泥古。对千载尘封，百代陵藏，守寂寞于萧疏。一丈庐，一瓯黍，一身棉布；得温饱生涯堪足。

【南扑灯蛾】平日里蓄才思相如，修心翻老杜，练笔效关王，抒怀学陆苏。今日个蒙君光顾，分筹列斛，雅会群儒。少不得拈阄择调，聊存送客楚山孤。

【北尾声】再温好梦知何处，乐事重来我愿书，猛听得西陆声声送羯鼓。

南北合【仙吕】赏花时·相逢向海

向海清波连万顷，碧落秋光满目晴。呼啦啦风送马蹄轻，百十号骚人乘兴，风火火今又聚白城。

【幺】淖尔当年留倩影，奶酒花茶无限情。包拉温都月夜起笳声，挥不去良辰美景，忘不了滴尽玉壶冰。

【南排歌】纸贵科盟，歌穿盛京。旗幡吓起长庚，操蛇探马报天庭。检点周天列宿营，青龙在，朱雀宁，北垣玄武告康平；娄金吠，昴日鸣，西方白虎走魁星。

【北那吒令】叵耐奎木狼又逞，掀翻了观音宝瓶，盗走了云韶宝筝，夹带了天王宝镜，拐骗了老君宝绳，骑去了如来大鹏。私下凡，违天命，树起这二百州风雅吟旌。

【南三叠排歌】看这厮放娇梨，开媚杏，泼墨沉香鼎，会王孙千里草青青。不忿旗亭，不输敬亭，不甘曲水兰亭；夺袍直欲入西京，压倒三江转世生。中书怪，右丞惊，开元天宝愧繁荣；张先羡，贺铸惺，关王白马叹伶仃。

【北鹊踏枝】口唱渔歌采香菱，烂柯人遥相应。高阁风清，向海波平。联君袂重叨记省，诵君诗还叙鸥盟。

【南桂枝香】黄榆开甑，白鹤斟茗。香海寺凭吊沧桑，墨宝园淹留书圣。丝竹歌民居道情，民居道情；风轮片车间瞭景，黉门喧生员夺胜。数菁菁，刮目通榆县，斑斓壮此行。

【北寄生草】碧水深畅游随肥鳜，蓝天阔高飞任老鹰。看不够蒹葭丛里鸳交颈，听不够福兴刹上钟连磬，猜不够藕花蓬下人摇艇。大泽百里匿神仙，碧波千载栖灵性。

【南乐安神】吾侪何幸，毡帐喜传觥。抓阄拈调写斯情。主家渌酒足堪酲。开怀吟玉甸，放胆啸金茎，举手绘丹青。

【北六幺序】睨鸥舞，听鹿鸣，风弄琴筝。兰芷清馨，细浪晶莹，枝摇荡乍起秋声。四愁平子明珠赠，相思梦起自归程。十年笔会十番盛，韦编作证，雁字书盟。

【幺】惺惺，行行，碧草青青，幽径萦萦。每日家觅觅憎憎，一例里戚戚停停。翻相册呼唤卿卿，金卮黛翰无须胫，常相会有赖荧屏。心镌向海登楼磴，明年重聚，看取剖膺。

【南尾声】汽笛遥风蚀影，黄榆白鹭已冥冥，唯有心音更不平。

南北合【黄钟】醉花阴·小女于归

记学语咿呀如转瞬，可怎就花车过门。猛抬头龙骨顶棚垠，几许年轮？对镜生悲悯，青丝鬓，皓三分，好你个光阴戏弄人。

【南画眉序】眨眼几十春，过隙白驹额上痕。似呱呱襁褓，戏耍还真。星夜里低唱催眠，月光中臂弯安稳。夜分沏奶添汁慎，水膘儿月长三斤。

【北喜迁莺】篱笆下学步留足印，电视前故事根芽刨问紧。小火车撒欢儿心无烦闷，长颈鹿添彩儿颊起彤云。一会家进了校门，便知发愤，从此全无自在身，没来由剩有书本亲。离别了稚气，失却了天真。

【南画眉序】六千个清晨，六千个三更滴漏紧。见摞书叠本，耸已如身。拼一番州府黉门，又拼到岐黄素问。几春求入伤寒壶，夺来个换饭底官文。

【北出队子】我则见伊两年深藏方寸，没来由凭窗常愣神。七夕乞巧望天孙，南向辽阳思那人，绣阁垂帘深闭门。

【南神仗儿】轻风阵阵，轻风阵阵；催红木槿，催黄姚韵。好一似临邛调罢梧桐轸，又好似伯喈五弄，梅花三引。思吴母，忆探春；比太后，叹王孙。

【北刮地风】常言道养女终须辞却亲，到头是两姓相分。强如八字无媒问，早晚要定下终身。翻一爻坤艮①，又一爻坤震②。孝舅姑，相爱人，生儿偕印。理家勤，持算谨，宜室宜伦。

【南耍鲍老】我则待收拾余润，我则待丰实闺闽；我则待花轿红绡来叩门，我则待辞家美酒敬萱椿，我则待结彩张灯应客人。

【北四门子】五粮醇酒成箱滚，铁观音，赁四斤；请期奠雁结秦晋，青鸾随，丹凤引；金童牵，玉女跟；三星半醒斜月醺。拜花堂，礼四亲，盖头掀、剪烛对曇。

【南闹樊楼】细思量育女生儿延命根，安心辞家方是本，放飞了乳燕无余恨，咱喜喜欢欢女大婚。

【北古水仙子】愿只愿娇儿事事臻，侍奉姑嫜朝暮谨。愿只愿娇儿贤比文君，勉如廉蔺，举案齐眉永似宾。两家情不必平分，乌私鲤冰休费神。爷娘有汝同胞趁，晚照可欣欣。

【南尾声】愿只愿娇儿来年生子文昌运，成就个仲淹寇准，留取丹青大写人。

【注】

① 地山谦卦。曰：地中藏有矿石财富。恭敬合礼，屈己下人，退让而不自满，谦虚退让，轻己尊人，"劳谦君子的盛德，内充实。"

② 地雷复卦。曰：一阳复起，阳刚始生，万物亨通。

南北合【双调】新水令·金百沣结盟

【北新水令】兰河松水汇流觞，玉泉开醴淳情畅。群贤颜喜悦，众盼韵飞扬。稽首垂裳，笑语玉楼漾。

【南步步娇】那年诗酒兰河浪，名号关东响。纛旗飘摆狂，三省结盟，吟友飙风壮。亢角尽登场，牛女凭河望。

【北折桂令】齐聚在塞北萧乡，风雅笙簧，翰墨文章。菊蕊凝香，醪波翻浪，端砚流幢。大姐大纶巾鹤氅，连阵连獬豸龙骧。九域风扬，千骑镳襄，六义魂彰，百卉芳长。

【南江儿水】松水东流畅，何浩汤。联翩情客排干上，葳蕤百结思春放，晴明姑洗当期状。紫气如云如酿，万朵丁香。谁忿牡丹长王。

【北雁儿落带得胜令】花开篱外香，气漫云中望。风多蝉更狂，露重蜂犹赏。五六瓣寻常，七叠韵伸张。淘汰随他去，边缘助我忙。芬芳，岂只冰城巷；张扬，无须吏部奖。

【南侥侥令】吕蒙前日将，陆逊旧时装。不假白衣偷渡江。吴蜀辅车行，忍便忘。

【北收江南】孔明子敬大文章，联盟乃得共图强，不跻汉寿效周郎。进，同舟共桨，萧乡正可种丁香。

【南园林好】羡翰林拾遗盛唐，效学士念奴大江。一种文心倚仗，常砥砺久徜徉，同璀璨共辉煌。

【北沽美酒带太平令】灵修常宴飨，胸胆正开张。举酒挥毫急就章，襟怀尽敞，今朝凭醉无恙。两岸风流相向，来寻一苇可成航。香醪肥鳜旗亭帐，故居畔来时还逛。这厢，共赏，未忘，流连此日疏狂样。

【南尾声】君能记取倾杯像，我更留存饮尽觞，来日重逢相对赏。

新词选二十二首

草原夜色美·北国雪

【正宫】（宫调式 1=C）调寄《草原夜色美》。

北国雪花飞，万里平畴闪银辉。寒风送我天河的水呀，待到春来润翠微。啊哈嗬哎啊哈嗬，啊哈嗬哎啊哈嗬。寒风送我天河的水呀，待到春来润翠微。　　北国雪花飞，玉树琼枝惹人醉。冰灯吸引远来的客呀，太阳岛上逛一回。啊哈嗬哎啊哈嗬，啊哈嗬哎啊哈嗬。冰灯吸引远来的客呀，太阳岛上逛一回。　　北国雪花飞，明月圆时是灯会。万千游子不眠的夜呀，索菲亚广场漫徘徊。啊哈嗬哎啊哈嗬，啊哈嗬哎啊哈嗬。万千游子不眠的夜呀，索菲亚广场漫徘徊。

木鱼石·贺青山五老八十寿辰

【正宫】（宫调式 1=C），调寄电视剧《木鱼石的传说》主题歌《有一个美丽的传说》。

松花江，源远复流长；南极星独照两岸上。才喝罢红叶社祝福酒，又斟上青山社寿诞浆。源盛东咸集风雅客呀，共八十五老醉一场。　　小丁香，遍种在街巷；北国的繁花齐开放。不羡慕江南的春色好，最欢欣塞北这美风光。愿诗思和年华如江水呀，直长流万里到海洋。

太阳岛上·本意

【中管高】（宫调式 1=D）调寄《太阳岛上》。

　　碧云飘清浪歌，紫花舒展暗香。六弦鸣三步移，彩衣垂影大江。荡开露营的丝篷，打开游冶的行囊。朝霞染红游人脸庞。朝霞染红游人脸庞。　　丝柳摇绘成七彩画，小船移拨弄万条光。翠鸟鸣，相伴随梵婀玲化蝶，贴水面徜徉。

海风阵阵·缅弘一大师

【中管高】（宫调式 1=D）调寄歌剧《红珊瑚》之《海风阵阵愁杀人》福成聚会得园字。

　　腥风血雨呀！悲故园哪！　　长亭外，古道边，晚风拂柳笛声残。虎狼它横行旧山水，疮痍满目尽风烟。泪洒神州与谁述，何月何年，亲子可团圆，可团圆？　　西贼刀带血，东寇炮临关，欲生求不得，欲求死也难。金瓯破碎谁能补？乌云谁扫见晴天。　　只剩有，残钵秃笔管共弦，海天愁思沾满了血斑斑。展傲眉，铁苍颜。嗟来之食岂能餐！　　深山古寺夜难眠，痴心只待乾坤转。弦融中与外，笔描水和山。谁家丘壑堪此幸，常伴忠魂论禅玄！

阮郎送别·雪柳

　　春将到，雪仍飘，雨水冻河桥。玉龙银蟒戏长条，疏柳暂藏娇。　　东风漫，艳阳高，取次化琼瑶。穿梭紫燕锦书招，剪作系郎绦。　　盼芳草，唤夭桃，驿马不辞遥。冰排终是海中漂，来日我娇娆。

阮郎送别·重逢

【中吕】（宫调式 1=^bE）调寄李叔同《送别》。

　　太阳岛，月亮湾，冰雪覆江天。别来风雨几十年，秋霜染鬓边。　　炊烟斜，朔风寒，旧梦远童年。知音一曲唱樽前，轻愁欲吐难。　　浅斟酒，低语谈，往事慢留连。残冬正蕴杏花天，夕阳醉暮山。

【注】
　　拟叔同《送别》格式。时与彦华三十二年后相逢，因公一聚，记之。

巫山云过阮郎归·三会鑫鹏四首

【道宫】（宫调式 1=F）调寄台湾流行歌曲《小城故事》。

（一）得可字

鑫鹏逸兴多，醇美玉颜酡。前朝旧曲久蹉跎，今日唱新歌。　阮郎遗恨奢，一段倩云遮。道宫不再庙前说，流下运粮河。　三变柳，四声挪，宫商换梵阿。今年哈夏惑全国，国粹改新辙。　传小巷，漾高坡，管弦飞电波。周郎频顾手加额，些个不曾拨。

（二）得可字

立春辞旧年，六九艳阳天。烟花朵朵醒冬眠，紫气更堪怜。　佳朋诗兴连，酒令纸笺传。巫山云伴阮郎还，乘醉解青莲。　红袖侧，玉卮前，小城初会韩。清歌飞向彩霞边，一晌作神仙。　花再好，月重圆，相期丘壑间。山花江月待流连，珍重此中缘。

（三）添字格得飞字

鸿鹄未见飞，暖意已潆洄。长条不耐北风吹，临路舞微微。　　东君大纛催，亢氐各争辉。夭桃媚杏卷罗帷，暗展百结眉。　　情切切，意蕤蕤，百草千花盼燕归。满园红紫梦中回，独开一束梅。　　时正好，莫相违，先占青阳知是谁。春江月望赏玫瑰，与君同举杯。

（四）添字格得燕字

新声一霎欢，旧韵几红颜。词林平水一千年，谁敢犯重关？　　乾坤黄道翻，物种岁时迁。多曾沧海变桑田，杨李酒茶谈。　　舟泛浪，雨催兰，月圆花好在今天。云韶钟鼓杳如烟，且听彭丽媛。　　穿曲壑，过群山，渔樵耕牧共流连。歌仙诗圣驻民间，风骚遗祚传。

对民歌

【道宫】（宫调式 1=F）调寄歌剧《刘三姐》之《多谢了》。

放烟花，开在青冥绚紫霞。莫道君心千万结，春来一处馥天涯。

巫山云过阮郎归·松林沐雨兄北归小聚

阮郎醉来归，情客笑颜绯。好花香气绕梁飞，今日又擎杯。　　紫霞映重帷，青帝户前窥。洛阳佳话叙芳菲，百草莫相违。　　曲含妙，厄藏美，柳丝窗外共裴回。君看丁香花露垂，沐雨正春晖。　　酒传意，心无悔，小楼红字韵为媒。夙愿三生还梦追，尔汝再相随。

珊瑚排歌·春意

【道宫】（宫调式 1=F）调寄歌剧《红珊瑚》之《珊瑚颂》。

艳阳初照草如烟，剩寒争驻水潺潺。莫言心事无人道，羲和展眉已拳拳。　　春雨绸，农户喧，清点铧犁好耕田。牵铁牛，捉琥蚕，应有桃花武陵源。

蒙山高·四会鑫鹏

【黄钟】（宫调式 1=ᵇB）调寄芭蕾舞剧《沂蒙颂》主题歌。

雨水临，风日长，又招良朋共举觞。诗情漾满堂。心中玉泉琅，词也狂。　　钟吕鸣，意韵扬，春到百结传异香。轻酿紫勤蓄白岸边路旁，入云韶过玄武花开建章。　　素客来，阆苑歌未央。宫商奏，金木锵，管弦绕梁，愁煞阮郎。

茉莉花·丁香

【古歇指调】(徵调式,古商调式5=a)调寄江苏民歌《茉莉花》。

　　美丽的紫白花,花开香万家。千头百朵,簇簇似云霞。种花人不怕游人赏,只是莫摘它。　　美丽的紫白花,花开百姓家。玉堂金殿,见也见不着它。绕轩窗四月千千结,香在小篱笆。　　美丽的紫白花,香气满天涯。冰城万众,人人都爱它。浓郁郁斑斓斓谁送来?无非你我他。

夜上海·歌女怨

【黄钟】(宫调式1=♭B)调寄二十世纪四十年代电影歌曲《夜上海》。

　　懒梳妆,恨登场,梳妆登场为啥忙。酒飘香,乐悠扬,怎知断肠。青春过后不补偿,好花谢了哪还能再香。　　搞银洋,为它忙,银洋如何不肮脏。血熬光,肉搓伤,怎不断肠。问天问地问老乡,这般岁月岂能说,阿侬下流淫荡。　　柳悲伤,月彷徨,悲伤彷徨未能央。改新行,在何方,水深路长。

调寄《绣围裙》·燕呢喃

【中管高般涉调】（羽调式，6=b）调寄电影《五朵金花》之《绣围裙》。

秋月明，夜无声，紫燕归巢思旧程。想来洞庭风尚好，那人还弄筝？　　去岁归时玉楼宁，此日楼中谁伴卿。水流岳阳城外淼，记得城上盟？

调寄《满山红叶似彩霞》·中秋

【中吕调】（羽调式，6=c）调寄电影《满山红叶似彩霞》主题歌。

秋月已圆光满天，人间谁不爱团圆。　　美酒飘香万户欢，此情此时应未眠。好将别来心里话，淌出流成震荡弦。好将别来梦里心，流出淌成震荡弦。　　美景良辰不肯眠，好人好风明月圆。好将良辰留永驻，谱成心歌响梦间。好将良辰永驻留，心歌谱成响梦间。　　秋月已圆光满天，心歌留在梦里边。

调寄《太阳一出云雾散》·一代情

【中吕调犯仙吕调】（羽调式，6＝c 变6＝f）调寄电影《五朵金花》之《太阳一出云雾散》。

雷振邦作曲、尹升山指挥、李世荣演唱，在建国初期十七年间的长影，是难得的黄金搭档，他们联手合作的一系列电影歌曲，在那个年代脍炙人口，为全国人民的精神文明增添了绚丽的一代情；至今仍余音绕梁。每当想起他们的合作，总令这一代人心驰神往。借用他们合作的《五朵金花》结束曲，填词以纪念。

【中吕调】妙曲难忘三月街，阿妹泉边等郎来。驱散乌云风日好，前事难忘怀。

【仙吕调】走遍苍山找金花，朵朵金花胜云霞。苍山水清人淳厚，风流一代感千家。逝去韶光行不远，梦里常来启窗纱。

【中吕调】万马飞过千座山，海岳欢歌人不眠。农林渔牧一条心，同想同梦同向前。

【仙吕调】一曲歌传一代情，一部片连一国声。太阳在我心里亮，天晴意尤晴。太阳在我心里亮，天晴意尤晴。

【中吕调】一曲歌传情一脉，一部片连一国声。共苦同甘愁怨少，雄狮醒来天际鸣。一曲歌传情一脉，一部片连一代声。共苦同甘愁怨少，雄狮醒来天际鸣。共苦同甘愁怨少，雄狮醒来向天鸣。

花儿与少年

【正平调】（羽调式 6=d）调寄《花儿与少年》。

碧空绚丽万千花，人戏花儿下，欢声满天涯。蓦然不见了小哥哥，妹妹四边寻不得，欲问羞答答。找也羞答答，问也羞答答，大手一双蒙住眼，恨人最是他！　　手儿手儿牵住了我的他，心儿心儿多么让人家牵挂。手板上轻轻地打一下，问你还敢不敢啦？这回再也不敢啦！　　桃花开了杏花发，杨柳衣襟插，西口起尘沙。遥遥远去的小哥哥，一步一回头地望着，黄土坡上的她。早点回来呀，早点回来呀，待到门前枣儿红了，哥哥要回家！

月儿弯·赠龙泉空吟、秦楼公子

【中管中吕正徵】（徵调式 5=b）调寄《手拿碟儿敲起来》。

田文门遇宁信缘，休弹腰下三尺泉。槽头于子留骏马，冯谖明日能举鞭。　　与君携手云外游，扶桑红日接小舟。相逢王母呈玉盏，银河梁筑谐女牛。

四季歌·四季丁香

【中管仙吕正徵】（徵调式 5=ᵇe）调寄《四季歌》。

　　雪化冰流草泛青，素客春怀暗不宁。吐绿扬白一段情，黄莺紫燕巢又营。　　一任桃红柳送青，素客香浓入梦萦。五月和风仲夏情，黄昏巷陌结伴行。　　浓绿淡黄起季风，素客残红地下凝。莫道韶华去日濛，曾经 妙韵谁不清。　　冰覆雪扬北地封，素客枯枝梦不停。且待明年春再逢，繁花又是随处生。